Diogenes Taschenbuch 21018

detebe

Ross Macdonald

Der Drahtzieher

Sämtliche Detektivstories
um Lew Archer I
Aus dem Amerikanischen von
Hubert Deymann

Diogenes

Titel der Originalausgabe: ›My Name is Archer‹

Dieser Band umfasst die erste Hälfte des
1974 im Diogenes Verlag erschienenen Sammelbandes.
Der einleitende Aufsatz ist dem Bändchen ›On Crime Writing‹,
Cara Press, Santa Barbara 1975, entnommen und wurde von
Peter Naujack übersetzt.
Umschlagzeichnung von Tomi Ungerer

Veröffentlicht als Diogenes Taschenbuch, 1983

40/85/29/3
ISBN 3 257 21018 3

Inhalt

Vorwort
Der Schriftsteller als Detektiv-Held

Ein Filmproduzent, der letztes Jahr mit der Idee spielte, eine TV-Serie mit meinem Privatdetektiv Lew Archer in der Hauptrolle zu drehen, fragte mich beim Lunch, ob Archer aus irgendeiner lebenden Person hervorgegangen sei. »Ja«, antwortete ich, »aus mir.« Er schenkte mir einen jener halb bedauernden Hollywood-Blicke. Ich versuchte zu erklären, daß Archer sozusagen aus meinem Innersten entsprungen sei, während ich einige mir bekannte, ausgezeichnete Detektive bei der Arbeit beobachtet hätte. Ich wäre, genau genommen, nicht Archer, aber Archer wäre ich.

Von da an ging es mit unserer Unterhaltung bergab, als hätte ich ein ehrenrühriges Eingeständnis gemacht. Aber ich glaube, die meisten Verfasser von Detektivgeschichten würden dieselbe Antwort gegeben haben. Eine enge väterliche oder brüderliche Beziehung zwischen dem Schreibenden und seinem Detektiv ist eine hervorstechende Eigenart dieser Form. Im Laufe seiner bisherigen Geschichte, von Poe bis Chandler und über diesen hinaus, hat der Detektiv als Held seinen Schöpfer repräsentiert und dessen Wertmaßstäbe in die Gesellschaft getragen.

Poe, der Erfinder der modernen Detektivgeschichte, und sein Detektiv Dupin sind gute Beispiele dafür. Poes hervorragender, aber von Schuldkomplexen gequälter Geist befand sich in schmerzlichem Konflikt mit den Realitäten im Amerika der Vorbürgerkriegszeit. Dupin ist ein deklassierter Aristokrat, wozu Poe alle seine Helden neigen läßt, ein offensichtliches Gegenstück zu dem Künstler-Intellektuellen, der seinen Platz in der Gesellschaft und seine sichere Stellung in der Tradition verloren hat. Dupin hat kein Gesellschaftsleben, sondern nur einen Freund. Er unterscheidet sich von anderen Menschen durch seinen überlegenen Verstand.

In seiner Erschaffung Dupins fand Poe gewiß einen Ausgleich für sein Versagen, das zu werden, wozu seine außergewöhnlichen Geisteskräfte ihn geschaffen zu haben schienen. Er hatte von einer intellektuellen Hierarchie mit ihm selbst an der Spitze geträumt, die das kulturelle Leben der Nation leitete. Wie Dupin einen skrupellosen Politiker in *Der entwendete Brief* hinters Licht führt, seine ›Lösung‹ eines wirklichen New Yorker Falles in *Das Geheimnis der Marie Rogêt,* sein wiederholtes Übertrumpfen der Karten des Polizeipräfekten, das alles sind Poes Ersatzdemonstrationen der Überlegenheit über eine mittelmäßige, gleichgültige Gesellschaft und ihre Beamten.

Natürlich gaben Poes Detektivgeschichten dem Schreiber – und geben dem Leser – etwas Tieferes als eine so oberflächliche Befriedigung. Er verfaßte sie als ein Mittel, Schuldgefühl und Grauen zu verbannen oder im Zaum zu halten. Der verstorbene William Carlos Williams setzte in einem tiefgründigen Essay Poes Gefühl von Schuld und Grauen jener schrecklichen Bewußtheit eines überempfindsamen Menschen gleich, der nackt und zitternd auf einem neuen Kontinent steht. Dieses Schuldbewußtsein wurde von Poes angstvoller Einsicht in das Unbewußte verdoppelt. Es mußte mit irgendeiner vernünftigen Methode in Grenzen gehalten werden, und die Detektivgeschichte, die auf rationaler Schlußfolgerung aufbauende Geschichte, bot eine solche Methode.

Die Erzählung von den blutigen Morden in der Rue Morgue, Poes erste Detektivgeschichte (1841), ist eine wahre Hymne auf den analytischen Verstand, mit der Poe beabsichtigte, wie er später schrieb, »einige sehr bemerkenswerte geistige Charakterzüge meines Freundes, des Chevalier Auguste C. Dupin, herauszustellen«. Dupin verkörpert deutlich die Vernunft, Poes Hauptstütze gegen die den Geist bedrängenden Schreckgespenster. Diese letzteren werden von dem mörderischen Affen dargestellt: »Zähnefletschend und mit funkelnden Augen stürzte er sich auf das junge Mädchen, grub seine furchtbaren Krallen in ihren Hals und drückte zu, bis sie tot war.«

Dupins logisch arbeitender Verstand bezwingt den Affen und erklärt das Unerklärliche – die verwüstete Wohnung hinter der verschlossenen Tür, die in den Rauchfang hinaufgestopfte Leiche des jungen Mädchens –, aber nicht, ohne einen Rest von Grauen zurückzulassen. Das Alpdruckhafte kann nicht ganz wegerklärt werden und widersteht den Zähnen der Vernunft. Ein unstabiles Gleichgewicht zwischen logischem Denken und primitiveren menschlichen Eigenschaften ist charakteristisch für die Detektivgeschichte. Für Schriftsteller und Leser ist sie eine Arena der Vorstellungskraft, wo derartige Konflikte sicher und unter künstlerischer Kontrolle ausgetragen werden können.

Die erste Detektivgeschichte hat noch andere archetypische Merkmale, besonders in der Art, wie sie erzählt wird. Der Berichterstatter ›Ich‹ ist nicht der Detektiv Dupin. Die Aufspaltung der Hauptfigur in einen Erzähler und einen Detektiv hat gewisse Vorteile: sie hilft, das Nebensächliche auszuklammern und die Lösung hinauszuschieben. Wichtiger noch, der Autor kann seinen sich selbst verkörpernden Helden ohne übermäßige Verlegenheit präsentieren und gefährlich gefühlsbefrachteten Stoff zwei oder mehr Stufen von sich selbst abgerückt behandeln, wie Poe das in der *Rue Morgue* tut.

Die Nachteile der gespaltenen Hauptfigur kommen deutlicher bei dem schon zur Legende gewordenen Nachfolger Dupins zum Ausdruck, nämlich bei Sherlock Holmes. Eine Projektion des Autors, der Erzähler, muß eine Haltung fast blinder Bewunderung für die zweite Projektion des Autors einnehmen, den Detektiv-Helden, und der Leser ist eingeladen, Dr. Watsons Anbetung des großen Mannes zu teilen. Ein Element narzißtischer Phantasie, unzufrieden mit den Grenzen des eigenen Ichs, scheint in diese Form der traditionellen Detektivgeschichte eingewoben zu sein.

Ich vergesse nicht, daß Holmes' *modus operandi* sich auf die Arbeitsweise eines lebenden Mannes stützte, auf die von Conan Doyles Freund und Lehrer Dr. Joseph Bell. Wenngleich seine ›Wissenschaft‹ letzten Endes gewöhnlich auf sorgfältige Beobachtungen hinausläuft – was Dr. Bells Stärke war –, ist Holmes doch ganz der wissenschaftliche Kriminologe. Dieser Held der Wissenschaftlichkeit könnte in der Tat der dominierende Kulturheros unserer technologischen Gesellschaft sein.

Obgleich Holmes ein in Chemie und Anatomie spezialisierter Naturwissenschaftler ist, während Dupin sich mit literarischer und psychologischer Analytik befaßte, kann man Holmes leicht als direkten Abkömmling Dupins erkennen. Seine auffälligste Eigenschaft, seine Fähigkeit, Gedanken aufgrund assoziativer Schlußfolgerungen lesen zu können, ist eine direkte Anleihe bei Dupin. Und wie Dupin ist auch er eine Projektion des Autors, der zur Zeit von Holmes' Erschaffung ein nicht sonderlich beschäftigter junger Arzt war. Wie sein Sohn Adrian berichtet, gestand Conan Doyle auf dem Sterbebett ein: »Wenn jemand Sherlock Holmes ist, dann bin ich es.«

Holmes hatte noch andere Ahnen und indirekte Verwandte, die den Gedanken bestärken, daß er ein Porträt des Künstlers als großer Detektiv ist. Seine Drogen, seine Verschwiegenheit und Zurückgezogenheit, seine zuweilen deprimierte Stimmung (eine Eigenart, die er mit Dupin teilte) sind die Kennzeichen des romantischen Rebellen damals wie heute. Hinter Holmes stehen die Gestalten von Dichtern des neunzehnten Jahrhunderts, Byron ganz sicher, wahrscheinlich Baudelaire, der Poe übersetzte und Poes Schuldbewußtsein zu neuen Grenzen vortrieb. Ich habe mich einmal für die

Theorie eingesetzt (und Anthony Boucher hat mir nicht widersprochen), daß ein großer Teil der Entwicklung der modernen Detektivgeschichte von Baudelaire stammt, seinem ›Dandyismus‹ und seiner Vision der Stadt als Inferno. Conan Doyles London, das Eliots Dichtung *Das wüste Land* beeinflußt hat, besitzt etwas von dieser Qualität.

Doch Holmes' romantische Exzesse sind nicht der Angelpunkt seines Charakters. Sein baudelairscher Spleen und seine Rauschgiftsucht sind nur Idiosynkrasien des Genies. Holmes hat von beiden Welten das Beste mitbekommen und bleibt ein englischer Gentleman, den man auch in der höchsten Gesellschaftsschicht akzeptiert. Gedanken und Sprache von Conan Doyles Geschichten sind durchdrungen von einem Hauch froher Zufriedenheit mit einem Gesellschaftssystem, das auf Privilegien errichtet ist.

Dieses offensichtliche Merkmal ist erwähnenswert, weil es fest in einen Zweig dieser Form eingebaut ist. Nostalgie für eine privilegierte Gesellschaft ist in erster Linie verantwortlich für die Anziehungskraft der traditionellen englischen Detektivgeschichte und ihre zahllosen amerikanischen Gegenstücke. Weder Kriege noch die Auflösung von Regierungen oder Gesellschaftsschichten können jenes lange Wochenende im Landhaus stören, das oft mit mehr oder weniger unbewußter Symbolik durch irgendein Versagen der Verkehrs- oder Telefonverbindungen von der Außenwelt abgeschnitten wird.

Die zeitgenössische Welt ist das spezielle Betätigungsfeld des hartgesottenen amerikanischen Geschichtendetektivs. Dashiell Hammett, Raymond Chandler und die anderen Schriftsteller, die für das Kriminalmagazin *Black Mask* arbeiteten und diese Art der Detektivgeschichte entwickelten, reagierten damit bewußt gegen die anglo-amerikanische Schule, die – wie etwa in den Werken von S. S. van Dine ersichtlich – den Kontakt mit dem täglichen Leben und dessen

Umgangssprache verloren hatte. In der Widmung einer Sammlung seiner frühen Erzählungen (1944) an den Herausgeber von *Black Mask* charakterisiert Chandler jene Art Prosaliteratur, die sie abzulösen versuchten: »Für Joseph Thompson Shaw voll Achtung und Zuneigung sowie in Erinnerung an die Zeit, da wir versuchten, den Mord von den oberen Klassen, der Party im Wochenendhaus und dem Rosengarten des Pfarrers zu jenen Leuten zurückzuführen, die wirklich etwas davon verstehen.« Zwar wimmeln Chandlers Romane noch von Plutokraten und solchen Gestalten, die man in Südkalifornien für Aristokraten hält, genauso wie von Verbrechern, aber die *Black Mask*-Revolution war dennoch echt. Aus ihr ging eine neue Art des Detektivhelden hervor, der klassenlose, ruhelose Mann der amerikanischen Demokratie, der die derbe Sprache des einfachen Volkes sprach.

Hammett, der mit Sam Spade den überzeugendsten dieser neuen Helden schuf, war selbst Privatdetektiv gewesen und kannte das korrupte Innenleben amerikanischer Großstädte. Doch Sam Spade war eine weniger deutliche Projektion seines Autors, als Romandetektive dies gewöhnlich zu sein pflegen. Hammett hatte seine frühere romantische Veranlagung unter eine strenge, ironische Kontrolle gebracht. Er konnte Spade von außen her sehen, ohne Liebe, vielleicht mit einer Art freudlosem Mitgefühl. In dieser wie in anderer Hinsicht kennzeichnet Spade einen klaren Bruch mit der Holmes-Tradition. Er besitzt die Eigenschaften und folgt der Verhaltensnorm des Grenzers. Für seine Sünden in das Inferno der Großstadt gestoßen, setzt er seinen Mut und seine List gegen deren Bewohner ein, spielt um die höchsten verfügbaren Einsätze, um Liebe und Geld, verliert am Ende fast alles und steht mit leeren Händen da. Seine Geliebte ist des Mordes schuldig; sein kleinlicher, strenger Ehrenkodex zwingt Spade, sie der Polizei zu übergeben. *Der Malteser Falke* ist seiner Juwelen beraubt.

Vielleicht sind die Einsätze und die damit verbundenen Verluste höher, als ich angedeutet habe. Der wertlose Falke symbolisiert vielleicht eine verlorengegangene Tradition, die großen Kulturen der mediterranen Vergangenheit, die für Spade und seine Zeitgenossen unerreichbar geworden sind. Vielleicht ist der Vogel auch Symbol für den Heiligen Geist oder für dessen Abwesenheit.

Die wilde Verbissenheit in seine Arbeit, das unerbittliche Herausstellen von Sam Spades Verlust seiner vollen ererbten Menschenrechte machen seine Geschichte für mich zur Tragödie, wenn es so etwas wie eine sinnentleerte Tragödie gibt. Hammett war der erste amerikanische Schriftsteller, der die Detektivgeschichte mit der Absicht des großen Romanciers benutzte, eine flammende, wenn auch desillusionierende Vision unseres Lebens zu zeichnen. Sam Spade ist das Produkt und die Reflektion eines Geistes, der weder in Zion noch im Zenit zu Hause war.

Chandlers Vision ist ebenfalls desillusionierend, aber trotz ihrer sinnverwirrenden Brillanz im Detail fehlt ihr die tragische Einheit von Hammetts Werk. In seinem Essay über *Die simple Kunst des Mordes,* einem spannend geschriebenen Stück nicht sehr erhellender Kritik, bietet Chandler ein Rezept für den Detektiv als Romanhelden, das die Hauptschwäche seiner Vision ahnen läßt:

»Alles, was man Kunst nennen kann, besitzt so etwas wie eine erlösende Qualität ... Aber durch diese schäbigen Straßen muß ein Mann gehen, der selbst nicht schäbig ist, der eine reine Weste hat und keine Angst ... Der Detektiv in dieser Art Story muß so ein Mann sein. Er ist der Held; er ist schlechthin alles ... Er muß der beste Mensch auf der Welt sein und ein Mensch, der gut genug ist für jede Welt.«

Zwar kann ein guter Roman eine ›erlösende Qualität‹ besitzen, aber diese Eigenschaft gehört dem ganzen Werk und ist nicht das Privateigentum einer der handelnden Personen. Kein Held eines ernstzunehmenden Romans könnte in einer moralischen Zwangsjacke handeln, in der er sich ständig tugendhaft und furchtlos benehmen müßte. Sam Spade war in ein tragisches Leben gestoßen und kämpfend verstrickt. Der Detektiv als Erlöser ist ein Rückschritt in Richtung auf den sentimentalen Abenteuerroman und eine zu vereinfachende Welt der guten und bösen Kerle. Chandlers frühe Werke enthalten zwar auch ritterliche Gangster und Gangsterliebchen mit Herzen aus Gold, die Menschen dort sind aber doch von einer zürnenden puritanischen Moral in zwei Gruppen aufgeteilt. Die Böcke werden gewöhnlich durch sexuelle Promiskuität oder perverse Veranlagung von den Schafen geschieden. Eine so starke und offenkundige moralisierende Tendenz beeinträchtigt jedoch eigentlich eine moralische Breitenwirkung, die der Romancier anstrebt.

Glücklicherweise hat Chandler in seinen Büchern aber seine watsonsche Begeisterung für die moralische Überlegenheit seines Detektivs gedämpft. Der Detektiv Marlowe, der seine Erlebnisse in der ersten Person erzählt und manchmal zugibt, daß er Angst hat, verfügt über einen trockenen Witz, der sein fahrendes Rittertum sozusagen auf normales Mittelmaß reduziert:

> »Ich trug keine Kanone ... ich bezweifelte, daß sie mir etwas nützen würde. Der große Mann würde sie mir wahrscheinlich wegnehmen und auffressen.« *(Lebwohl, mein Liebling)*

Die Chandler-Marlowe-Prosa ist eine hochbrisante Mischung aus lakonischem Witz und imagistischer Poesie, gefaßt in halsbrecherischen Rhythmus. Ihre stark umgangssprachliche Anlage bestätigt entschieden die Tatsache, daß die *Black Mask*-Revolution eine Revolution sowohl der Sprache als auch der Thematik war. Nebenbei bemerkt war H. L. Mencken, der große Lexikograph unseres Fachjargons, einer der ersten Herausgeber von *Black Mask*. Sein Protegé James M. Cain sagte einmal, daß seine Entdeckung des Rauhbeins aus dem Westen es ihm ermöglichte, Romane zu schreiben. Marlowe und seine Vorgänger erfüllten eine ähnliche Funktion für Chandler, dessen englische Erziehung seine Leidenschaft für unsere neue Sprache sowie Antipathie gegen Privilegien noch verstärkte. Gesellschaftlich in allen Sätteln gerecht und im Grunde klassenlos (er hatte ein College besucht, aber eine Vorliebe für die Arbeiterklasse), setzte Marlowe die Phantasie seines Autors frei zum Gebrauch einer abgelauschten demokratischen Alltagssprache, die zu einem der wirksamsten Instrumente der Erzähltechnik unserer zeitgenössischen Literatur geworden ist.

Unter der Oberfläche des obligatorischen ›forschen‹ Tons der Schreibweise unterscheidet Marlowe sich auf interessante Art von dem hartgesottenen Standardhelden, wie er aus der Gruppe der *Black Mask*-Schriftsteller hervorging. Chandlers Romane konzentrieren sich auf die Feinfühligkeit des Helden und können daher fast als sensible Romane bezeichnet werden. Ihr stets gleichbleibendes Thema ist die Einsamkeit der Großstadt und der bohrende innere Schmerz eines empfindsamen Mannes, der sich mit den rücksichtslosen Elementen einer korrupten Gesellschaft herumschlägt.

Marlowes Doppelheit ist es, die interessant macht: die rauhe Schale, die teilweise Chandlers poetischen und satirischen Geist verdeckt. Ein Teil unseres Vergnügens entspringt dem Wechselspiel zwischen Chandlers Geist und Marlowes Stimme. Der klar erkennbare Unterschied zwischen beiden ist Teil der Dynamik der Darstellung und schafft bipolare

Spannungen in der Erzählweise. Der herrliche erste Absatz in *Der große Schlaf* macht etwas davon anschaulich:

> »Es war gegen elf Uhr morgens, Mitte Oktober, ein Tag ohne Sonne und mit klarer Sicht auf die Vorberge, die klatschkalten Regen verhießen. Ich trug meinen kobaltblauen Anzug mit dunkelblauem Hemd, Schlips und Brusttaschentuch, schwarze Sportschuhe und schwarze Wollsocken mit dunkelblauem Muster. Ich war scharf rasiert, sauber und nüchtern – egal nun, ob's einer merkte. Ich war haargenau das Bild vom gutgekleideten Privatdetektiv. Ich wurde von vier Millionen Dollar erwartet.«

Marlowe nimmt sich selbst auf den Arm und auch Chandler in der Rolle des forschen jungen Detektivs. Es steckt auch Pathos in der Vorstellung, daß ein Mann, der schreiben kann wie ein gefallener Engel, nur ein einfacher Privatdetektiv sein soll – und sokratische Ironie. Der begabte Schriftsteller versteckt sich hinter Marlowes fröhlicher Unbekümmertheit. Gleichzeitig legt sich der bescheiden im Hintergrund bleibende, nicht mehr ganz junge, gelehrtenhafte Autor eine dauerhafte Maske zu, er bleibt für immer achtunddreißig, und das erlaubt ihm, den Gefahren der hohen und niederen Gesellschaft verwegen ins Auge zu sehen.

Chandlers Konzeption von Marlowe sowie seine Beziehung zu seiner Hauptfigur vertiefen sich in gleichem Maße, wie sein Geist die romantische Phantasie und das übergescheite Selbstbewußtsein überwand, die sein Blickfeld einengten. Am Schluß von *Der lange Abschied* findet sich eine bedeutungsvolle Konfrontation zwischen Marlowe und einem Freund, der ihn verraten hat und offenbar homosexuell geworden ist. Statt des gerechten Zorns, dem Marlowe in einem der früheren Romane die Zügel hätte schießen lassen, empfindet er jetzt nur Kummer und Bestürzung, als stände er bei dieser Begegnung einem Teil seiner selbst gegenüber.

Der Freund, der Ex-Freund, versucht sein moralisches Scheitern zu erklären: »Ich war bei der Kommandotruppe, Bruder. Da nehmen sie dich nicht, wenn du ein Schlappschwanz bist. Ich wurde schwer verwundet, und was die Nazi-Ärzte dann mit mir anstellten, war kein Spaß. Das hat was in mir kaputtgemacht.« Mehr wird uns nicht gesagt. Im brausenden Mittelpunkt von Chandlers Labyrinth steckt ein Entsetzen, das auch am Ende seines letzten, schwer deutbaren Romans unausgesprochen bleibt. Was auch ihre versteckte Bedeutung sein mag, diese Szene wurde von einem Mann mit zarter, romantischer Feinfühligkeit geschrieben, der verletzt worden war. Chandler benutzt Marlowe, seine halb ausgedrückte Feinfühligkeit zu überdecken und die leichte Paranoia szenisch darzustellen, die oft mit dieser Art Feinfühligkeit und ihren seelischen Schmerzen einhergeht und unter zeitgenössischen Schriftstellern tatsächlich endemisch zu sein scheint.

Ich kann diese Beurteilung mit einiger Sicherheit abgeben, weil sie überraschend genau auf einige meiner frühen Werke zutrifft, besonders auf *Blue City* (1947). Eine Dekade später, in *The Doomsters*, ließ ich meinen Detektiv Archer sich selbst kritisieren als »ein etwas erdgebundener Tarzan in einem etwas paranoiden Dschungel«. Dieser Roman markierte einen recht deutlichen Bruch mit der Chandler-Tradition, zu deren geistiger Verarbeitung ich einige Jahre gebraucht hatte, und machte mich frei, meine eigene Einstellung zu den Verbrechen und Kümmernissen des Lebens zu finden.

Ich habe eine Menge von Chandler gelernt – jeder Schriftsteller kann das –, aber es hat immer grundlegende Unterschiede zwischen uns gegeben. Einer liegt in unserer Einstellung zu dem der Handlung zugrundeliegenden Kern oder Konflikt. Nach Chandler ist ein Handlungskern gut, wenn er gute Schauplätze ergibt, so als ob die Teile wichtiger wären als das Ganze. Ich sehe den Handlungskern als ein Vehikel, Absichten und Ziele des Autors zu übermitteln. Er sollte so komplex sein wie das Leben der Gegenwart, aber ausgewogen genug, um Wahrheiten über dieses Leben auszusagen. Der überraschende Schluß eines Detektivromans sollte tragische Vibrationen in Gang setzen, die durch die gesamte Struktur zurücklaufen. Und das bedeutet, daß diese Struktur einmalig und *geplant* sein muß.

Ein weiterer Unterschied zwischen Chandler und mir liegt in unserem Gebrauch der Sprache. Meines Erzählers Archer größere und weniger streng stilisierte Bandbreite des Ausdrucks – zumindest in meinen jüngeren Romanen – steht in Zusammenhang mit einem zentralen Unterschied zwischen ihm und Marlowe. Marlowes Sprache wird von seiner Rolle als hartgesottener Held eingeengt. Er muß als Typ innerhalb seiner Grenzen sprechen, und diese Grenzen sind eben sehr eng gezogen. Chandler hat versucht, sie im *Langen Abschied* etwas zu lockern, aber er war alt, und die Sprache löste kein Echo aus. Er war gefangen wie der alte Hemingway in einer unnötig einengenden Auffassung von Ich, Held und Sprache.

Ich könnte niemals von Archer schreiben: »Er ist der Held, er ist schlechthin alles.« Es stimmt wohl, daß sein Handeln die Handlung trägt, seine Kommentare dazu meine Einstellung widerspiegeln (aber tiefergehende Stellungnahmen bleiben unausgesprochen) und daß Archer oder ein Erzähler wie er für die Art Bücher, die ich schreibe, unentbehrlich ist. Aber er ist nicht ihr emotioneller Mittelpunkt. Und trotz dem, was ich zu Beginn gesagt habe, hat Archer sich von seinem frühen Status als Phantasieprojektion meiner selbst und meiner persönlichen Nöte hinwegentwickelt. Kühl ist, glaube ich, das richtige Wort für unsere gereifte Beziehung. Archer selbst hat, was man in Neu-England ein ›entwöhntes Gefühlsleben‹ nennt.

Wenn ein Autor zuviel Gefühl in seinen Erzähler-Helden investiert, kann das die Entwicklung der Geschichte hemmen und ihre Aussage verwischen, wie einige von Chandlers Büchern das demonstrieren. Ein weniger gefühlsbeladener Erzähler gestattet größere Flexibilität und Wahrheitstreue gegenüber den verschlungenen Pfaden des Lebens. Ich brauche Archers physische oder sexuelle Leistungskraft nicht zu preisen oder daran zu arbeiten, ihn pausenlos spaßig oder charmant erscheinen zu lassen. Er kann manchmal selbstvergessen, fast durchsichtig sein und sich, wie ein guter Detektiv (und ein guter Schriftsteller) das tun sollte, ganz auf die Leute konzentrieren, deren Probleme er gerade untersucht. Diese anderen Leute sind für mich die Hauptsache: sie stehen oft in einer viel intimeren Beziehung zu mir und meinem Leben als Lew Archer. Er ist die augenfällige, die Aufmerksamkeit des Lesers (wie auch die meine) bannende Ich-Projektion, während diskretere Ichs aus dem Gebälk hinter der verschlossenen Tür kriechen. Erinnern wir uns daran, wie die beruhigende Gegenwart Dupins Poes Geist in die Lage versetzte, das Entsetzliche des menschenmordenden Affen sowie der beiden toten Frauen zu ertragen.

Archer ist ein Held, der sich gelegentlich schon dem Bild des Anti-Helden nähert. Wenngleich er ein Mann der Tat ist, so sind seine Taten doch großenteils darauf ausgerichtet, die Lebensgeschichten anderer Leute zusammenzusetzen und deren Bedeutung herauszufinden. Er ist weniger ein Agierender als ein Fragender und verkörpert ein Bewußtsein, in dem die Bedeutung oder der Sinn anderer Leben aufscheint. Diese schrittweise entwickelte Konzeption des Detektivhelden als Geist und Gemüt der Erzählung ist nicht gänzlich neu, aber wahrscheinlich mein Hauptbeitrag zu diesem speziellen Literaturzweig. Eine derartige Verfeinerung der Konzeption des Detektivhelden war gewissermaßen notwendig, um diese Art Roman der Zielsetzung und dem Handlungsbereich des allgemeinen Romans näherzubringen.

Es mag sein, daß ein zum inneren Wesen gehörender Realismus – als geistige Eigenschaft also – eines der überzeugendsten Attribute ist, die eine Romanfigur haben kann. Polizisten und Rechtsanwälte haben mich mit der Meinungsäußerung überrascht, daß Archer absolut lebensecht getroffen sei. Die beiden besten Privatdetektive, die ich persönlich kenne, ähneln ihm in ihren inneren Eigenschaften: ihrer intelligenten Menschlichkeit, ihrer Anteilnahme am Schicksal anderer Menschen, die ihr Eigeninteresse übersteigt, sowie einer inneren Festigkeit, die sie befähigt, menschlichen Schwächen (einschließlich der eigenen) offenen Auges entgegenzutreten. Beide erzählen von Herzen gern Geschichten.

Die üble Angewohnheit

Ein Mann in einem konservativen dunkelgrauen Anzug kam seitlich zur Tür herein, einen Homburg in der Hand. Sein Gesicht war lang und blaß. Er hatte schwarze Augen und Brauen und schwarze Nasenlöcher. Über der hohen Stirn waren lange schwarze Haarsträhnen streng zur Seite gebürstet. Nur seine Krawatte hatte Farbe: sie lag auf seiner schmalen Brust wie eine schlummernde purpurne Leidenschaft.

Scharfe schwarze Augen schossen in meinem Büro umher und dann zurück in den Korridor. Behaarte Nüstern schnüffelten, als ob er entweichendes Gas vermutete.

»Werden Sie verfolgt?« erkundigte ich mich.

»Ich habe keinen Grund, das anzunehmen.«

Ich hatte die Jacke ausgezogen und das Hemd aufgeknöpft. Es war ein heißer Nachmittag, die Jahreszeit des Smogs hatte begonnen. Mein Besucher sah mich in der gewissen Art an, die mich an Schullehrer erinnerte. »Sind Sie wohl Mr. Archer?«

»Das ist ein vernünftiger Schluß. Der Name steht an der Tür.«

»Danke, ich kann lesen.«

»Herzlichen Glückwunsch, aber dies ist keine Agentur zur Aufspürung von Talenten.«

Er erstarrte und faßte mit seiner Hand, die einen Siegelring trug, an das blaue Kinn. Er sah mich lange traurig und feindselig an. Dann zuckte er linkisch mit den Schultern, als ob es für ihn keine Hilfe gebe.

»Entweder rein oder raus«, sagte ich. »Wenn rein, dann schließen Sie die Tür hinter sich. Verzeihen Sie, diese Hitze geht mir an die Nieren.«

Er schloß die Tür so heftig, daß das teure, nur von einer

Seite durchsichtige Glas fast zerbrochen wäre. Er zuckte bei dem Geräusch zusammen und entschuldigte sich:

»Tut mir leid. Ich bin in letzter Zeit ein bißchen mit den Nerven herunter.«

»Sind Sie in Schwierigkeiten?«

»Ich nicht, meine Schwester ...« Er sah mich mit einem seiner langen Blicke an. Ich nahm eine Haltung gelangweilter Diskretion ein, garniert mit einem Hauch von Unschuld.

»Ihre Schwester«, erinnerte ich ihn nach einer Weile. »Hat sie etwas getan, oder ist ihr etwas getan worden?«

»Beides, fürchte ich.« Er zeigte seine Zähne mit gequältem kleinen Lächeln, das seine Mundwinkel nach unten zog. »Sie und ich unterhalten eine Mädchenschule in – in der Nähe von Chicago. Ich kann nicht genug betonen, wie wichtig es ist, diese Angelegenheit diskret zu behandeln.«

»Sie tragen Ihr Teil dazu bei. Setzen Sie sich, Mr. ...«

Er nahm eine Brieftasche heraus, öffnete sie mit einer Art von Ehrfurcht und entnahm ihr eine Karte. Zögernd behielt er sie in der Hand.

»Lassen Sie mich raten«, sagte ich. »Sagen Sie mir nichts. Beginnt Ihr Name mit einem Konsonanten oder mit einem Vokal?«

Er ließ sich mit großer Vorsicht nieder, nachdem er den Sessel nach versteckten Elektroden abgesucht hatte, und machte mir das Geschenk seiner Karte. *J. Reginald Harlan, M. A., Harlan School* stand darauf gedruckt.

Ich las es laut vor. Er schreckte zusammen.

»Gut, Mr. Harlan. Ihre Schwester sitzt irgendwie in der Patsche. Sie leiten eine Mädchenschule ...«

»Sie ist die Leiterin. Ich bin Registrator und Schatzmeister.«

»... Skandale können Sie also nicht gebrauchen. Sind es sexuelle Schwierigkeiten, die sie hat?«

Er legte seine Beine übereinander und umklammerte sein

spitzes Knie mit beiden Händen. »Wie sind Sie bloß darauf gekommen?«

»Schließlich bin ich ja auch mit einigen Schwestern befreundet. Ich nehme an, Ihre Schwester ist jünger als Sie.«

»Ja, einige Jahre jünger. Aber Maude ist kein junges Mädchen mehr. Sie ist eine reife Frau, zumindest habe ich das immer angenommen. Es ist ihr Alter, ihr Alter und ihre Position, die diese ganze Angelegenheit so unglaublich machen. Eine Frau in Maudes gesellschaftlicher und beruflicher Stellung, mit hundert jungfräulichen Gemütern unter ihrer Obhut, wird plötzlich wegen eines Mannes verrückt! Können Sie so was verstehen?«

»Ja. Ich habe es oft genug erlebt.«

»Ich kann es nicht verstehen.« Aber ein schwacher, liebenswerter Zweifel milderte für einen Moment seinen Blick. Vielleicht fragte er sich, wann ihn ein längst fälliger Blitz erschüttern und erleuchten werde. »Ich hatte immer angenommen, daß die Jahre bis zu zwanzig die gefährlichsten seien. Möglicherweise sind es aber die Dreißigerjahre.« Seine Hand kroch die Brust hoch wie eine bleiche Krabbe und streichelte die purpurne Krawatte.

»Es kommt auf die Person an«, sagte ich, »und auf die Umstände.«

»Das nehme ich auch an.« Er sah auf den Hut hinunter, den er auf dem Schoß hielt und mit den Händen zerknautschte. »Jetzt, wenn ich darüber nachdenke, fällt mir ein, daß Mutter auch einen Zusammenbruch hatte, als sie in den Dreißigern war. Ich frage mich, ob Maude das gleiche durchmacht, als Folge irgendwelcher Erbanlagen und ihres Blutes.«

»Hatte Ihre Mutter blaues Blut?«

Harlan lächelte wieder sein gequältes Lächeln. »Ja, tatsächlich. Sie haben es treffend ausgedrückt. Aber lassen wir den Fall meiner Mutter. Es ist meine Schwester, um die ich mich sorge.«

»Was hat sie gemacht? Ist sie davongelaufen?«

»Ja, auf die skandalöseste und peinlichste Weise, mit einem Mann, den sie kaum kannte, mit einem schrecklichen Typ von Mann.«

»Erzählen Sie mir von ihm.«

Er stierte wieder in seinen Hut, als ob ihn sein unsichtbarer Inhalt faszinierte und erschreckte. »Da gibt es nur wenig zu erzählen. Ich weiß nicht einmal seinen Namen. Ich habe ihn nur einmal gesehen, vorigen Freitag – also vor knapp einer Woche. Er kam in einem alten, zerbeulten Wagen bei der Schule an und platzte uns mitten hinein in die Abschlußfeier. Maude hatte ihn mir noch nicht einmal vorgestellt. Sie stellte ihn keinem vor. Und wenn Sie ihn gesehen hätten, könnten Sie verstehen, warum. Er war ein richtiges Rauhbein, ein großes, haariges Scheusal von einem Kerl, mit rotem Bart, dreckigen alten Hosen, Rollkragenpullover und einer Baskenmütze. Vor den Augen sämtlicher Eltern ging sie auf ihn zu, nahm seinen Arm und zog mit ihm unter den Ulmen davon, wie hypnotisiert.«

»Und seitdem haben Sie sie nicht wieder gesehen?«

»Oh, sie kam am Abend zurück, lange genug, um zu packen. Ich war gerade nicht da, ich hatte eine Reihe gesellschaftlicher Verpflichtungen im Zusammenhang mit der Abschlußfeier. Als ich wiederkam, war sie weg. Sie hatte mir nur eine kurze Mitteilung hinterlassen, das war alles.«

»Haben Sie sie bei sich?«

Er steckte seine Hand in die Brusttasche und warf einen gefalteten Briefbogen auf den Schreibtisch. Da stand in Schönschrift:

Lieber Reginald,
ich werde heiraten. Da ich weiß, daß Du meinen Schritt nie begreifen wirst, bin ich gezwungen, Dich so zu verlassen, wie ich Dich verlasse. Mache Dir keine Sorgen um mich und, vor

allem, versuche nicht, Dich einzumischen. Falls Dir mein Entschluß lieblos erscheint, denke daran, daß es schließlich um mein Leben geht. Mein zukünftiger Mann ist eine ungewöhnliche und warmherzige Persönlichkeit, die gelitten hat, wie ich gelitten habe. Er wartet jetzt draußen auf mich.

Sei versichert, lieber Reginald, daß ein Teil meiner Zuneigung bei Dir und der Schule bleibt. Aber ich werde niemals weder zu Dir noch zur Schule zurückkehren.

Deine Schwester

Ich gab Harlan den Brief zurück. »Haben Sie und Ihre Schwester sich gut verstanden?«

»Das habe ich zumindest bis jetzt geglaubt. Wir hatten natürlich unsere kleinen Meinungsverschiedenheiten in all den Jahren über die Art, wie Vaters Arbeit fortzuführen und die Tradition der Schule zu wahren sei. Aber zwischen Maude und mir bestand eine ehrliche gegenseitige Achtung. Sie können das an dieser Mitteilung erkennen.«

»Ja.« Aber etwas anderes konnte ich da auch noch herauslesen. »Was waren das für Leiden, die sie erwähnt?«

»Ich habe keine Ahnung.« Er ruckte hart an seiner purpurroten Krawatte. »Maude und ich, wir haben gut zusammen gearbeitet, ein reiches, erfülltes Leben im Dienste an jungen heranwachsenden Mädchen und Frauen. Es ging uns gut, und wir waren glücklich. Daß sie sich jetzt so gegen mich stellt – aus heiterem Himmel! Plötzlich, nach elf hingebungsvollen Jahren, bedeutet ihr die Schule nichts mehr. *Ich* bedeute ihr nichts. Vaters Vermächtnis bedeutet ihr nichts. Ich sage Ihnen, der Kerl hat sie verhext. Alle ihre Wertvorstellungen haben sich ins Gegenteil verkehrt.«

»Vielleicht ist sie verliebt. Je älter sie sind, desto schwerer trifft es sie. Zum Teufel, vielleicht ist er sogar liebenswert.«

Harlan schniefte. »Er ist ein lüsterner Schurke. Ich kenne

diese Sorte. Ein Schürzenjäger und Säufer und möglicherweise noch Schlimmeres.«

Ich warf einen Blick auf mein Schnapsschränkchen. Es war verschlossen und sah unschuldig aus. »Sind Sie nicht ein bißchen voreingenommen?«

»Ich weiß, wovon ich rede. Der Mann ist ein Klotz. Maude ist eine empfindsame Frau, die nur unter den friedlichsten Bedingungen leben kann. Er wird ihren Geist zerstören, ihren Körper vergewaltigen und ihr Geld verschwenden. Alles wird sein, wie es bei Mutter war, nur schlimmer, viel schlimmer. Denn Maude ist viel sensibler, als Mutter es je war.«

»Was ist denn mit Ihrer Mutter passiert?«

»Sie hat sich von Vater scheiden lassen und ist mit einem Mann davongelaufen, einem Kunsterzieher von der Schule. Er hat ihr ein fröhliches Leben geboten, das kann ich Ihnen versichern, bis er sich zu Tode getrunken hat.« Es schien, als erfülle Harlan diese Tatsache mit einer gewissen Genugtuung. »Mutter wohnt jetzt in Los Angeles. Ich habe sie seit fast dreißig Jahren nicht mehr gesehen, aber Maude hat sie während der Osterferien besucht. Gegen meinen ausdrücklichen Wunsch, möchte ich hinzufügen.«

»Und Maude ist mit ihrem Mann nach Los Angeles zurückgegangen?«

»Ja. Sie hat mir gestern von hier telegrafiert. Ich habe das erstmögliche Flugzeug genommen.«

»Zeigen Sie mal das Telegramm her.«

»Das habe ich nicht. Es wurde mir telefonisch durchgesagt.« Gehässig fügte er hinzu: »Sie hätte auch einen weniger öffentlichen Weg wählen können, mir ihre Schande mitzuteilen.«

»Was teilte sie Ihnen denn mit?«

»Daß sie sehr glücklich sei. Natürlich, um mit dem Messer in meiner Wunde zu rühren.« Sein Gesicht verdunkelte sich, und durch seine Augen erhaschte ich einen Blick auf die rote Glut, die sich in ihm aufgestaut hatte. »Dann hat sie mich vor dem Versuch gewarnt, sie zu verfolgen, und sich entschuldigt, daß sie das Geld genommen hat.«

»Was für Geld?«

»Am vergangenen Freitag, bevor sie ging, hat sie einen Scheck ausgeschrieben, fast über die gesamte Summe, die auf unserem gemeinsamen Konto war. Einen Scheck über tausend Dollar.«

»Aber das Geld gehörte ihr?«

»Rechtlich gesehen ja, moralisch nein. Es war immer so, daß ich über das Geld bestimmte.« Ein mißmutiges Quengeln trat in seine Stimme. »Der Mann ist ganz klar hinter unserem Geld her, und wie die Dinge liegen, kann nichts Maude daran hindern, unser Kapital anzugreifen. Sie könnte sogar die Schule verkaufen.«

»Gehört sie ihr?«

»Rechtlich, fürchte ich, ja. Vater hat ihr die Schule hinterlassen. Ich ... meine verwaltungstechnischen Fähigkeiten haben sich etwas langsam entwickelt – so nach und nach, wissen Sie. Armer Vater, er hat es nicht mehr erlebt, mich erwachsen zu sehen.« Er hustete und erstickte fast an seiner Rührung. »Die Gebäude allein sind schon fast zweihunderttausend Dollar wert. Der zusätzliche ideelle Wert ist gar nicht abzuschätzen.«

Er schwieg; dabei sah er aus, als lausche er auf das unselige Gurgeln des Geldes, wie es die Regenrinnen hinabfloß.

Ich zog meinen Rock an.

»Sie möchten, daß sie gefunden werden, stimmt's? Sie wollen wissen, ob die Heirat rechtsgültig ist, und sich vergewissern, ob der Mann nicht ein Mitgiftjäger ist?«

»Ich möchte meine Schwester sehen. Wenn ich nur mit ihr *sprechen* könnte, wäre vielleicht noch etwas zu retten. Sie hat möglicherweise ihren Verstand verloren. Ich kann nicht zulassen, daß sie unser beider Leben ruiniert, wie Mutter Vaters und ihr eigenes Leben ruiniert hat.«

»Wohnt Ihre Mutter in Los Angeles?«

»Sie hat ein Haus in Westwood, glaube ich. Ich bin noch nie dagewesen.«

»Ich glaube, wir sollten sie besuchen. Stehen Sie noch in Verbindung mit ihr?«

»Natürlich nicht. Und ich habe auch nicht den Wunsch, sie jetzt zu sehen.«

»Es wäre aber besser. Wenn Maude Ostern bei ihr war, kennt Ihre Mutter den Mann möglicherweise. Es klingt nicht so, als ob Ihre Schwester, einer plötzlichen Eingebung folgend, davongelaufen ist.«

»Sie können recht haben«, sagte er langsam. »Der Gedanke ist mir noch nicht gekommen, daß sie ihn dort getroffen haben könnte. Und dann ist er ihr nach Chicago gefolgt, wie? Natürlich, so muß es gewesen sein.«

Wir sprachen kurz über Geld. Harlan gab mir einen Reisescheck über fünfzig Dollar, und wir gingen hinunter zu meinem Auto.

Es war nicht weit nach Westwood, gemessen an den üblichen Entfernungen in Los Angeles. Wir reihten uns in den Verkehr des frühen Abends ein. Er eilte wie Lemminge zum Meer und in die Vororte. Harlan schützte seine Augen mit der Hand vor den horizontalen Strahlen der Sonne und erzählte mir etwas über seine Mutter. Genug, um mir eine Vorstellung zu vermitteln, was uns erwartete.

Sie wohnte in einem Holzhäuschen an einem Hügel, von dem man einen Blick auf das entfernte Universitätsgelände hatte. Der Vorgarten war vollgestopft mit einem Dutzend verschiedener Kakteensorten; einige davon so hoch wie das Dach. Das Haus brauchte Farbe. Es lehnte am Hang, ein wenig aus dem Gleichgewicht, wie seine Bewohnerin.

Sie öffnete die mit einem Gitterfenster versehene Eingangstür und blinzelte in die Sonne. Ihr Gesicht war gemeißelt und zerfressen von Jahren und Sorgen. Schwarze Haare, durchschossen mit Grau, fielen ihr in weichen, glatten Strähnen über die Stirn. Große, fleckige Metallringe hingen in ihren Ohrläppchen. Um den vertrockneten Hals trug sie mehrere goldene Ketten, die klimperten, wenn sie sich bewegte. Sie hatte Sandalen an und ein braunes Kleid aus grobem Wollstoff, der wie Sackleinen aussah und in der Taille von einer Schnur zusammengehalten war.

Ihre Augen waren staubig-schwarz und unsicher. Sie schien Harlan zu erkennen. Er sagte mit einer neuen Stimme, mit einem heiseren, fragenden Flüstern:

»Mutter?«

Sie sah ihn genau an. Dann legte sich ihr Gesicht in erfreute Falten. Sie lächelte. Ihre Zähne waren braun vom Tabak, aber ihr Lächeln war großzügig. Es wurde zu einem Lachen. Rotgebrannt von der Sonne sah sie aus wie eine alte Zigeunerin.

»Gott im Himmel! Reginald.«

»Ja.« Er nahm seinen Hut ab. »Bloß verstehe ich nicht, was daran so lächerlich ist.«

»Es ist nur«, japste sie, »du siehst deinem Vater so ähnlich.«

»Ist das so komisch? Ich hoffe, daß ich ihm ähnlich sehe. Vater war immer mein Vorbild. Ich habe versucht, ihm nachzueifern. Ich wünschte nur, ich könnte das auch von Maude sagen.«

Ihr Lachen erstarb. »Du hast kein Recht, Maude zu kritisieren. Sie ist zwei von deiner Sorte wert, was du sehr wohl weißt. Maude ist eine prächtige Frau.«

»Eine prächtige Närrin!« sagte er hitzig. »Wirft sich weg, veruntreut Geld ...«

»Ich muß doch sehr bitten ... Maude ist meine Tochter.« Die alte Frau hatte eine gewisse Würde.

»Die dir offenbar nachschlägt. Ist sie hier bei dir?«

»Nein. Ich weiß natürlich, warum du gekommen bist. Ich habe vorausgesagt, daß du versuchen würdest, sie in die Tretmühle zurückzuziehen.«

»Dann hast du sie also gesehen. Wo ist sie?«

»Ich habe nicht die Absicht, es dir mitzuteilen. Maude ist wohlauf und glücklich – zum erstenmal in ihrem Leben glücklich.«

»Du wirst es mir sagen müssen«, forderte er mit zusammengebissenen Zähnen.

Er umklammerte ihr spindeldürres Handgelenk. In ängstlichem Trotz zuckte sie mit den Wimpern, die zerfurchten Lippen gaben die langen Zähne frei. Ich packte ihn an Schulter und Arm und riß ihn zurück, dabei ließ er das Handgelenk los.

»Immer mit der Ruhe, Harlan. Mit Gewalt bekommen Sie aus Leuten nichts heraus.«

Er sah erst mich mit einem Blick dumpfen Hasses an, dann seine Mutter. Sie erwiderte den Blick.

»Immer noch der alte Reginald«, sagte sie, »der früher Käfer mit einer Nadel auf ein Brett spießte. Wer ist übrigens dieser Herr?«

»Mr. Archer.« Schwerfällig fügte er hinzu: »Ein Privatdetektiv.«

Sie warf die Arme hoch und grinste. »Ach, Reggie. Du übertriffst dich selbst. Du hast dich nicht ein bißchen geändert.«

»Du auch nicht, Mutter. Aber es geht hier nicht um dich oder mich. Versuche nicht, mich abzulenken. Ich möchte wissen, wo Maude und ihr – ihr Begleiter sind.«

»Von mir wirst du das nicht erfahren. Genügen dir dreißig Jahre von Maudes Leben noch immer nicht? Mußt du alles haben?«

»Ich weiß, was für Maude am besten ist. Ich bezweifle, daß

du es weißt, nachdem du aus deinem Leben einen so fürchterlichen Kuddelmuddel gemacht hast.« Mit Abscheu sah er auf die abblätternden Wände, auf die ausgebesserte Tür und die verbrauchte alte Frau, die dahinter Zuflucht gefunden hatte. »Falls du für ihre plötzliche geistige Umnachtung verantwortlich bist ...«

Ihm fehlten die Worte. Vor Wut war er gespannt wie ein Draht. Ich meinte ihn summen zu hören. Und ich behielt meine Schulter zwischen ihm und der Tür.

»Geistige Umnachtung«, sagte sie empört. »Maude hat endlich einen Mann gefunden, der zu ihr paßt, und sie war vernünftig genug, alles für ihn aufzugeben. Genau wie ich es gemacht habe.« Die Erinnerung machte ihr Gesicht weich; ein aufwallendes romantisches Gefühl sang in ihrer Stimme wie eine verzogene Schallplatte: »Ich bin stolz darauf, etwas dazu beigetragen zu haben.«

»Du gibst es also zu?«

»Warum sollte ich nicht? Ich habe sie und Leonard Lister im vergangenen Frühling zusammengebracht, als sie bei mir war. Leonard ist ein vorzüglicher Mann, und sie mochten sich vom ersten Augenblick an. Maude brauchte eine starke männliche Persönlichkeit, nachdem sie so viele Jahre als alte Jungfer gelebt hatte ...«

»Was sagst du, wie er heißt?«

»Leonard Lister«, sagte ich.

Die alte Frau hatte ihre Hand auf den Mund gepreßt. Zwischen gelben Fingern hindurch sagte sie: »Ich wollte es dir nicht sagen. Aber da du es jetzt aus mir herausbekommen hast – du müßtest eigentlich schon von Leonard gehört haben. Er ist ein brillanter, schöpferischer Künstler am Theater.«

»Haben Sie von ihm gehört, Archer?«

»Nein.«

»Leonard Lister?« sagte die alte Frau. »Sicherlich kennen Sie seinen Namen, wenn Sie in Los Angeles wohnen. Er ist ein bekannter Regisseur an der Studio-Bühne. Er hat sogar an der Universität gelehrt. Leonard hat große Pläne, er will literarische Filme drehen, wie Cocteau in Frankreich.«

»Und zur Verwirklichung dieser Pläne benötigt er Maudes Geld«, sagte Harlan bissig.

»Du *mußt* natürlich an so was denken. Aber das stimmt nicht. Er liebt sie um ihrer selbst willen.«

»Verstehe, verstehe. Und du bist der ehrliche Makler, der seine Tochter an einen Glücksritter verkuppelt hat. Wieviel will dir der brillante Bursche für deine Dienste zahlen?«

Die Sonne war untergegangen. Seiner vom Abendrot geborgten Farbe beraubt, erschien das Gesicht der alten Frau hinter dem Gitterfenster abgezehrt und blutleer.

»Du solltest dich schämen, so etwas zu sagen. Maude ist gut zu dir gewesen. Du verdankst ihr alles. Warum gibst du nicht in geziemender Weise auf und gehst nach Hause?«

»Weil meine Schwester getäuscht worden ist. Sie ist in der Hand von Narren und Spitzbuben. Was möchtest du lieber sein, Mutter?«

»Weder das eine noch das andere. Und Maude geht es besser als je zuvor in ihrem Leben.« Aber ihre Versicherung hielt seinem nur auf ein Ziel gerichteten Druck nicht stand.

»Davon möchte ich mich selbst überzeugen. Wo sind sie?«

»Das wirst du nicht aus mir herausbringen.« Mit einem versteckten, flehenden Blick sah sie mich an.

»Dann werde ich es eben selbst herausfinden.«

Es war nicht schwierig. Leonard Lister stand im Telefonbuch. Er hatte ein Appartement in Santa Monica, in dem Straßengewirr oberhalb des Lincoln Boulevard. Ich versuchte, Harlan, diesen offensichtlichen Unruhestifter, zu überreden, mich allein weitermachen zu lassen. Aber er war hitzig wie ein Stöberhund mit dem Geruch von Rebhühnern in der Nase. Ich mußte ihn mitnehmen oder den Fall aufgeben. Und allein hätte er vermutlich noch mehr Unruhe gestiftet.

Es war schon fast dunkel, als wir die Wohnung fanden. Sie lag in einem alten, zweigeschossigen Haus, das etwas abseits der Straße hinter einer verbrannten Rasenfläche lag. Listers Appartement bestand aus einem kleinen Atelier über der angebauten Garage. Eine Betontreppe an der Außenwand der Garage führte hinauf. Im Haus hinter den verhängten Fenstern des Appartements brannte Licht. In der Stille der Dämmerung raschelten unsere Schritte in dem trockenen Gras.

»Welcher Abstieg«, sagte Harlan pathetisch. »Eine Frau mit ausgezeichneter Bildung lebt in einem Slum mit einem – einem Gigolo.«

»Hmm. Lassen Sie besser mich reden. Sie könnten sich ein blaues Auge einhandeln, wenn Sie weiter so mit Worten umherwerfen.«

»So schnell lasse ich mich nicht einschüchtern.«

Aber er ließ mich auf der Treppe vorangehen. Sie wurde durch eine insektenabweisende gelbe Birne von oben über der Tür beleuchtet. Ich klopfte. Niemand antwortete. Ich klopfte noch einmal. Harlan schob seine Hand an mir vorbei und drehte am Türknauf. Die Tür war verschlossen.

»Nehmen Sie einen Nachschlüssel«, drängte er. »Sie verstecken sich da drinnen. Ich bin sicher. Sie müssen doch einen Nachschlüssel haben?«

»Ich habe aber auch eine Lizenz zu verlieren.«

Er hämmerte gegen die Tür, bis sie in ihrem Rahmen erzitterte. Sein Siegelring schlug kleine Dellen in die Farbe. Leise Schritte näherten sich von der anderen Seite der Tür. Ich schob Harlan zurück. Dabei verlor er beinahe das Gleichgewicht auf dem engen Treppenabsatz.

Die Tür öffnete sich. »Was geht hier vor?«

Der Mann in der Tür hatte einen gestreiften, baumwollenen Bademantel an und sonst nichts. Schultern und die entblößte Brust waren breit und kräftig, wenn auch vom Alter etwas gebeugt und nicht mehr so hart. Er mochte Ende Vierzig sein. Sein rotes Haar war zottig und mit grauen Strähnen durchzogen. Der volle Mund glänzte wie eine Muschel in dem roten Nest seines Bartes. Die Augen waren tief und verträumt, Augen, die in die Vergangenheit und in die Zukunft, aber selten direkt in die Gegenwart sehen.

Über seine Schultern, die fast den Türrahmen ausfüllten, konnte ich in das beleuchtete Zimmer sehen. Es war vollgestopft und schäbig möbliert mit einem einfachen Bett und ein paar Stühlen. Auf den aus roten Ziegeln und rohen Brettern selbstgemachten Regalen türmten sich Bücher. In der behaglichen Kochnische am hinteren Ende des Zimmers arbeitete eine Frau. Ich sah ihren dunklen Kopf und den schlanken Rücken mit in der Taille festgeknüpften Schürzenbändern, und ich hörte das Klappern von Geschirr.

Ich stellte mich vor, aber Lister sah den Mann hinter mir an.

»Mr. Harlan, nicht wahr? Das ist wirklich eine Überraschung. Ich kann nicht sagen, daß es eine angenehme ist.« Seine Stimme besaß die Ungezwungenheit, die körperliche Größe verleiht. »Nun, was wollen Sie, Mr. Harlan?«

»Das wissen Sie sehr gut. Meine Schwester.«

Lister kam raus und schloß die Tür hinter sich. Es wurde sehr gemütlich mit uns dreien auf dem quadratmetergroßen Treppenabsatz, die Situation glich der in einer Sardinenbüchse. Listers bloße Füße waren auf dem Beton nicht zu hören. Seine Stimme war sanft:

»Maude ist beschäftigt. Ich selbst habe auch ziemlich viel zu tun. Ich wollte gerade unter die Dusche. Ich rate Ihnen also, gehen Sie. Und geben Sie sich keine Mühe, zurückzukommen. Wir werden ewig beschäftigt sein.«

»Beschäftigt, ihr Geld auszugeben?« fragte Harlan.

Listers Zähne blitzten in seinem Bart. Seine Stimme wurde schärfer.

»Jetzt verstehe ich, warum Maude nicht mit Ihnen sprechen will. Nehmen Sie Ihren Freund von Detektiv und entfernen Sie sich von meiner Türschwelle.«

»Die alte Vogelscheuche hat sich also mit Ihnen in Verbindung gesetzt. Wieviel zahlen Sie ihr?«

Lister schoß schnell um mich herum. Er packte Harlan vorne an der Jacke, hob ihn hoch, schüttelte ihn und stellte ihn wieder auf die Füße.

»Sprechen Sie von Ihrer Mutter mit etwas mehr Achtung, Sie kleine Rotznase.«

Harlan lehnte am Geländer und umklammerte es krampfhaft wie ein trotziges Kind. Im gelben Licht sah sein Gesicht krank vor Erniedrigung aus. Halsstarrig verlangte er: »Ich will meine Schwester sehen. Ich will sehen, was Sie mit ihr gemacht haben, Sie Ungetüm.«

Ich sagte: »Gehen wir« und legte die Hand auf seinen Arm.

»Sind Sie auch auf seiner Seite?« Er weinte fast.

»Eines Mannes Haus ist seine Burg. Er mag Sie nicht, Reginald. Ihre Schwester mag Sie offenbar auch nicht.«

»Das können Sie ruhig noch einmal sagen«, bemerkte Lister. »Der kleine Egel hat ihr Blut schon lange genug ausgesaugt. Jetzt aber raus, bevor Sie mich wirklich wütend machen.«

»Kommen Sie, Reginald. So erreichen wir nichts.«

Ich löste ihn von dem Geländer. Unter und hinter mir erhob sich die Stimme eines Mannes. »Gibt's Schwierigkeiten da oben, Lister?« Die Stimme klang, als ob ihr Besitzer nichts dagegen einzuwenden habe.

Ein grauhaariger Mann in einem mit Hawaiimustern bedruckten Hemd stand breitbeinig in dem Lichtfleck am Fuß der Treppe. Das Licht tönte sein schwammiges Gesicht und ließ die Augen farblos erscheinen.

»Keine Spur, Dolph. Diese Herren gehen gerade.«

Lister stand mit dem Rücken gegen die Tür – ein schäbiger Held in einem schmutzigen Bademantel, seine billige Burg verteidigend – und beobachtete uns, wie wir die Treppe hinuntergingen. Die Tür fiel mit einem Knall zu, und das gelbe Licht ging aus. Harlan brabbelte vor sich hin, während er Luft holte.

Der grauhaarige Mann wartete am Fuß der Treppe auf uns. Er flüsterte durch seine Alkoholfahne: »Polente?«

Ich gab keine Antwort.

Er zupfte mich am Ärmel und nörgelte: »Was hat der Vielgeliebte diesmal angestellt?«

»Das ist nicht Ihre Sache.«

Ich riß meinen Ärmel los. Aber der Mann war nur schwer abzuschütteln. Er schob mir sein plumpes Gesicht vor die Augen.

»Was Lister tut, geht mich wohl etwas an. Ich habe ein Recht zu wissen, ob meine Mieter in wilder Ehe leben.«

Ich wandte mich ab von ihm und seiner Fahne. Er folgte mir mit schwankenden Schritten auf den Bürgersteig, wobei er sich mit ausgestrecktem Arm gegen die geschlossene Garagentür stützte. Seine heisere Stimme kam hinter mir her:

»Was hat das zu bedeuten? Ich habe ein Recht, es zu wissen. Ich bin ein anständiger Mann, verstehen Sie. Ich unterhalte keinen Puff für heruntergekommene Hochstapler.«

»Warten Sie einen Moment«, sagte Harlan. »Sind Sie Listers Hauswirt?«

»Na klar. Ich hab diesen Hurensohn nie leiden mögen. Meine kleine Frau hat ihm das Appartement verietet. *Sie* glaubte, er sei Klasse. Ich habe ihn auf den ersten Blick durchschaut. Noch so ein ehemaliger Filmfritze. Einer, der es nie geschafft hat.«

Er sank an der Mauer zusammen. Harlan beugte sich über ihn wie ein Ankläger; sein Gesicht eine bleierne Silhouette in dem schwachen Licht, das aus einem verhängten Fenster kam.

»Was wissen Sie noch über Lister, bester Mann?«

»Ich werde ihn bei den Ohren packen und rausschmeißen, wenn er nicht aufpaßt.«

»Sie haben auf seine Affären mit Frauen angespielt. Was ist damit?«

»Ich weiß nicht, was da oben vorgeht. Ich werde es aber herausfinden.«

»Warum gehen Sie denn nicht jetzt rauf? Sie haben das Recht dazu, oder nicht? Ihnen gehört das Haus.«

»Bei Gott, das tue ich.«

Ich ging zu Harlan zurück und nahm ihn beim Arm. »Lassen Sie uns verschwinden, Reginald. Für einen Abend haben Sie schon genug Unheil angestiftet.«

»Ich stifte Unheil an? Blödsinn. Meine Schwester ist mit einem Verbrecher verheiratet, mit einem Zuhälter.«

Der Mann an der Mauer wiegte düster seinen grauen Kopf. »Da liegen Sie genau richtig. Ist die Frau da oben Ihre Schwester?«

»Ja.«

»Und sie ist mit ihm verheiratet?«

»Ich glaube, ja. Aber ich kann sie nicht bei ihm lassen. Ich werde sie mit nach Hause nehmen ...«

»Heute abend nicht, Reginald.« Ich packte seinen Arm fester.

»Ich muß etwas unternehmen. Das lasse ich nicht zu ...«

Er versuchte sich von mir loszureißen. Sein Hut fiel herunter, und sein gelichtetes Haar fiel ihm über die Ohren. Er kreischte beinahe: »Wie können Sie es wagen. Nehmen Sie Ihre Hände von mir!«

Der Schatten einer vollbusigen Frau zeichnete sich hinter dem Vorhang ab. Vom Fenster her kam eine scharfe Stimme: »Jack! Bist du noch da?«

Der grauhaarige Mann richtete sich auf, als ob er vom elektrischen Schlag getroffen sei. »Ja. Ich bin hier.«

»Komm rein. Du bist betrunken und hast Blödsinn geredet.«

»Wer kann mich dazu zwingen?« brummte er vor sich hin.

Sie hörte ihn. »Ich habe gesagt, du sollst reinkommen. Du machst dich lächerlich. Und sag deinen Freunden, sie sollen nach Hause gehen.«

Er drehte uns seinen Rücken zu und stapfte auf unsicheren Beinen zur Haustür. Harlan machte Anstalten, ihm zu folgen. Ich hielt ihn fest. Die Tür schlug zu. Ein Riegel rastete ein.

»Jetzt sehen Sie, was Sie angerichtet haben«, sagte Harlan. »Sie haben alles verkorkst mit Ihrem Sicheinmischen! Ich war gerade dabei, etwas zu erfahren.«

»Das werden Sie nie.«

Ich ließ ihn los und ging zum Wagen, ohne mich darum zu kümmern, ob er mitkam oder nicht. Am Rinnstein holte er mich ein. Er wischte seinen Hut mit dem Taschentuch ab und atmete hörbar.

»Das mindeste, was Sie für Ihr Geld tun können, ist, mich an meinem Hotel abzusetzen. Die Taxis sind hier sündhaft teuer.«

»Gut, wo ist es?«

»Das *Oceano Hotel* in Santa Monica.«

»Wir sind hier in Santa Monica.«

»Wirklich?« Wenig später fügte er hinzu: »Das überrascht mich nicht. Irgend etwas hat mich nach Santa Monica geführt. Maude und ich haben eine Art von telepathischer Verbindung, praktisch schon seit unserer Kindheit. Besonders, wenn sie in Schwierigkeiten ist.«

»Ich frage mich, ob sie in Schwierigkeiten ist.«

»Mit diesem Unhold?« Er lachte rauh. »Haben Sie nicht gesehen, wie er mich behandelt hat?«

»Unter den gegebenen Umständen schien mir sein Benehmen ziemlich normal zu sein.«

»Normal für einen Menschen, der in einer so schäbigen Umgebung lebt, vielleicht. Aber das lasse ich mir nicht bieten. Wenn Sie übrigens nichts weiter zu tun beabsichtigen, erwarte ich einen Preisnachlaß von mindestens fünfzig Prozent.«

Ich hätte ihn gern gefragt, wer ihm seine Klapper gestohlen hat, als er noch ein Säugling war. Statt dessen sagte ich: »Als Gegenwert stehe ich Ihnen zu Diensten. Ich werde mich morgen mit Lister beschäftigen. Wenn er ein falscher Fuffziger ist, werde ich es herausbekommen. Und wenn nicht ...«

»Daran gibt es wohl keinen Zweifel. Sie haben doch die Bemerkungen des Hauswirtes gehört.«

»Der Kerl war betrunken. Und ich würde mich an Ihrer Stelle hüten, Leute anzuschwärzen ohne irgendeinen Beweis. Sie hätten sich beinahe um Kopf und Kragen geredet.«

»Es ist mir gleich, was mir passiert. Ich sorge mich um Maude. Ich habe nur die eine Schwester.«

»Sie haben auch nur den einen Kopf.«

Den Rest des Weges schwieg er mürrisch. Ohne ein Wort ließ ich ihn aussteigen. In dem Neon-Kaleidoskop der Strandpromenade sah er vor dem gelben Hintergrund des Hotels aus wie ein verschleppter Schatten aus einem dunklen Traum. Nicht aus meinem Traum, gratulierte ich mir selbst. Voreilig.

Am Morgen rief ich einen Freund im Büro des District Attorney an. Über Lister gab es eine Akte: Zwei Verurteilungen wegen Trunkenheit am Steuer, eine Klage wegen Körperverletzung, die auf ungebührliches Benehmen vermindert wurde; nichts Schlimmeres. Er war einmal ein kleiner Filmproduzent gewesen. Sein letzter aufgeführter Arbeitsplatz war an der Universität.

Ich telefonierte noch einmal und fuhr dann zur Universität. Das Frühlingssemester war zu Ende, und die Sommerkurse hatten noch nicht begonnen, deshalb traf ich auf dem Universitätsgelände keine Studenten an. Aber die meisten der Fakultätsmitglieder waren bei der Arbeit. Der amtierende Leiter der Abteilung für Spracherziehung, ein Mann namens Schilling, empfing mich in seinem Büro.

Schilling war alles andere als der Prototyp von einem Professor. Er hatte das Profil eines jugendlichen Helden, obwohl er bereits in mittleren Jahren war. Vom Anzug her sah er aus wie ein Schauspieler. Er trug einen modernen Gabardineanzug und ein offenes Sporthemd. Sein welliges braunes Haar, das vom Scheitelpunkt nach hinten wallte, war sorgfältig gelegt. Ich fragte mich, ob es gefärbt sei. Ich sagte:

»Es ist sehr freundlich von Ihnen, daß Sie Zeit für mich haben, Doktor.«

»Ach was. Setzen Sie sich, Mr. Archer.« Er saß an seinem Schreibtisch am Fenster, wo das Licht seinen Gesichtszügen schmeichelte. »Sie haben vorhin am Telefon Interesse an einem unserer Mitglieder angedeutet – an einem ehemaligen Mitglied unserer Fakultätsfamilie.« Er sprach die Worte langsam und deutlich und lauschte dem vollen Klang seiner Stimme nach. Er schien ihm zu gefallen.

»Leonard Lister.« Ich setzte mich auf einen Stuhl, gegenüber dem mit Papier übersäten Schreibtisch.

»Welche Art von Informationen wünschen Sie genau? Und welchen Gebrauch gedenken Sie davon zu machen? Wir haben auch unsere kleinen Berufsgeheimnisse, wissen Sie, in unserer abgeschirmten Welt.«

»Ich möchte wissen, wie es mit seiner Ehrlichkeit steht. Das ist die Hauptsache. Er scheint in eine ziemlich wohlhabende Familie reingeheiratet zu haben, die kaum etwas über ihn weiß.« Und das war noch milde ausgedrückt.

»Und jetzt hat man Sie angestellt, um mehr über ihn zu erfahren?«

»Stimmt. Gewisse Mitglieder der Familie fürchten, er könnte etwas auf dem Kerbholz haben.«

»O nein, das würde ich nicht sagen.«

»Warum haben Sie ihn denn rausgeworfen?«

»Wir haben ihn nicht direkt rausgeworfen. Leonard war nicht fest angestellt, er hielt so etwas wie Sondervorlesungen in der Fakultät. Wir haben nur seinen Vertrag am Ende des Herbstsemesters nicht erneuert.«

»Sie werden Ihre Gründe dafür gehabt haben. War es Unfähigkeit?«

»Unfähigkeit bestimmt nicht. Leonard kennt das Theater. Er ist seit zwanzig Jahren dabei, sowohl in New York und auf dem Kontinent als auch hier. Und im Filmgeschäft hatte er auch schon mal einen Namen. Solange es dauerte, hat er groß verdient. Er hatte ein Landhaus und eine Jacht und sogar eine Schauspielerin zur Frau, glaube ich. Dann ging alles in die Binsen. Das war vor Jahren. Ich weiß nicht, was in der Zwischenzeit mit ihm passiert ist. Auf jeden Fall hat er mein Angebot für einen Lehrauftrag gern angenommen.«

»Was hat er denn gelehrt?«

»Wir haben ihn hauptsächlich in der Außenarbeit beschäftigt. Er hat bei verschiedenen Gruppen Stücke inszeniert und Vorlesungen über das Drama gehalten. Er war sehr beliebt bei den Hörern.«

»Was war dann mit ihm los?«

Er zögerte. »Ich nehme an, ich sollte sagen, die Angelegenheit war ethischer Natur. Auf seine Art ist er durchaus ein guter Kollege – persönlich mochte ich ihn immer –, aber er hat sich einfach nicht an den Kodex des Lehrberufes gehalten. Leonard hat einige Zeit in Frankreich verbracht, wissen Sie, und da hat eine ganze Menge vom linken Seine-Ufer auf ihn abgefärbt. Zuviel Alkohol, Weibergeschichten ... kurz und gut, er konnte sich nicht an den Zwang halten, der nun einmal mit so einer Position verbunden ist. Er ist ein gewaltiger Mann – ich weiß nicht, ob Sie ihn kennen …«

»Ich kenne ihn.«

»… aber er ist noch nicht wirklich erwachsen. Nicht ansprechbar, könnte man sagen, manchmal beinahe besessen.«

»Könnten Sie ein bißchen deutlicher werden, Doktor?«

Er sah von mir fort zum Fenster hinaus und strich sich mit der Hand sorgfältig über das Haar. »Es widerstrebt mir, einen Kollegen anzuschwärzen. Aber schließlich steht der Ruf der Universität auf dem Spiel. Die Angelegenheit ist sehr delikat.«

»Das ist mir klar. Ich werde sie vertraulich behandeln. Das ist alles nur zu meiner eigenen Information.«

»Nun ja.« Er wandte sich mir wieder zu. Alles, was er gebraucht hatte, war ein wenig Überredung. »Leonard hatte die Angewohnheit, mit den Studentinnen herumzutändeln, vor allem mit einer. Gerüchte liefen um, wie das immer der Fall ist, und ich warnte ihn. Ich gab ihm eine faire Chance. Er schlug sie aber in den Wind, deshalb behielt ich ihn im Auge. Unsere Abteilung ist sowieso in einer mißlichen Lage. Da können wir nicht auch noch einen handfesten Skandal gebrauchen. Glücklicherweise habe ich selbst ihn erwischt und den Mund gehalten.«

Schillings Gesicht leuchtete theatralisch auf. Offensichtlich kostete er seinen großen Augenblick noch einmal nach. »Etwa zum Ende des Herbstsemesters, es war an einem Nachmittag im Dezember, sah ich sie zusammen in sein Büro gehen – es liegt unten beim Hörsaal neben meinem Büro. Sie hätten den Ausdruck auf ihrem Gesicht sehen sollen, diese hündische Ergebenheit. Ich besorgte mir einen Hauptschlüssel von der Verwaltung, und nach einer angemessenen Pause ging ich hinein. Da waren sie, in flagranti, wenn Sie mich verstehen.«

»Ein junges Mädchen?«

»Nein. Es hätte schlimmer sein können. Tatsächlich war sie eine verheiratete Frau. Eine ganze Menge unserer Studenten sind junge verheiratete Frauen mit – äh – Theaterambitionen. Aber selbst so war die Situation ärgerlich genug, das konnten wir nicht dulden. Ich machte ein Ende damit, und Leonard verließ uns. Seitdem habe ich ihn nicht mehr gesehen.«

»Was ist mit der Frau geschehen?«

»Sie gab den Kursus auf. Sie galt ohnehin nicht als vielversprechend, und ich für meinen Teil war froh, sie los zu sein. Sie hätten hören sollen, wie sie mich an dem Nachmittag beschimpft hat, obwohl ich nur meine Pflicht getan hatte. Ich *habe* Leonard gewarnt, daß er mit Dynamit spielt. Die Frau war eine Hexe.« Mit dem linken Zeigefinger fuhr er sein Profil vom Haaransatz bis zum Kinn nach und lächelte vor sich hin. »Ich fürchte, das sind alle Informationen, die ich Ihnen geben kann.«

»Noch eins. Sie sagten, er sei ehrlich.«

»Bis auf seine Frauengeschichten, ja.«

»Ehrlich in Geldangelegenheiten?«

»Soviel ich weiß, hat Leonard sich nie etwas aus Geld gemacht. Alles Finanzielle war ihm stets höchst gleichgültig. Nun, ich nehme an, daß er sich jetzt, nachdem er eine reiche Frau geheiratet hat, anpassen wird. Hoffentlich schafft er es. Und ich hoffe weiter, daß ich nicht irgend etwas gesagt habe, das sein Verhältnis zu dieser Familie schädigen wird.«

»Nicht, wenn er die Beziehung zu der anderen Frau abgebrochen hat. Nebenbei, wie hieß sie eigentlich?«

»Dolphine. Stella Dolphine. Ein ungewöhnlicher Name.« Er buchstabierte ihn für mich.

Ich sah in Schillings Telefonbuch nach. Da stand nur ein Dolphine drin: Jack Dolphine; als Adresse war die gleiche angegeben, unter der auch Leonard Lister angeführt wurde.

Bei hellem Tageslicht sah das Haus in Santa Monica verlassen aus. Alle Fenster waren zugezogen, oben und im Erdgeschoß. Der sterbende Rasen und die ungepflegten Beete, in denen die Blumen unter Quecken erstickten, schienen symbolisch für das Leben von Menschen, die das Elend gefesselt und gelähmt hat. Ich bemerkte jedoch, daß der Rasen vor kurzem gesprengt worden war; auf dem unebenen Beton auf der Zufahrt trockneten einige Pfützen.

Ich stieg die Außentreppe zu Listers Appartement hinauf. Niemand antwortete auf mein Klopfen. Ich drehte am Türknauf. Die Tür war verschlossen. Ich ging wieder runter und hob die Schwingtür der Garage an. Sie war leer.

Ich drückte auf den Klingelknopf neben der Haustür und wartete. Schritte schlurften müde durch das Haus. Der grauhaarige Mann im Hawaiihemd öffnete die Tür und blinzelte in die Sonne. Er hatte eine schlechte Nacht verbracht. Seine Augen waren verquollen von Alkohol und Kummer, sein Mund war spröde und hilflos. Das schlaffe Fleisch seines Gesichts hing wie schmelzendes Plastilin an den Knochen. Schlaff war auch sein Körper. Er war wie ein weichgekochtes Ei ohne Schale.

Er schien sich nicht an mich zu erinnern.

»Mr. Dolphine?«

»Ja.« Jetzt erkannte er mich an meiner Stimme. »Sagen Sie, was soll das alles? Sie waren doch gestern abend hier. Sie haben gesagt, Sie seien ein Polizist.«

»Das haben Sie sich eingebildet. Ich bin Privatdetektiv. Mein Name ist Archer.«

»Was Sie nicht sagen, ich war auch schon mal Privatdetektiv. Betriebsschutz bei Douglas. Ich habe mich zur Ruhe gesetzt, als sich meine Investitionen auszuzahlen begannen. Jetzt besitze ich sechs Häuser und ein Appartementhaus. Das sehen Sie mir wahrscheinlich nicht an.«

»Sehr schön für Sie. Was ist mit den Mietern in Ihrem Appartement?«

»Sie meinen Lister? Das sollten Sie mir lieber sagen. Er ist ausgezogen.«

»Für immer?«

»Für immer, da haben Sie verdammt recht.« Er stolperte über die Türschwelle, die Alkoholfahne wehte ihm voran. Er legte die Hand vertraulich auf meine Schulter. Das half ihm auch, sich aufrecht zu halten. »Ich war fest entschlossen, ihm zu kündigen. Er hat mir die Mühe erspart. Er packte seine Siebensachen und verschwand.«

»Und die Frau ist mit ihm gegangen? Seine Frau?«

»Ja, die ist mit.«

»In seinem Wagen?«

»Stimmt.«

Er beschrieb mir den Wagen, eine alte blaue Buick-Limousine, die schon ihre zwei- oder dreihunderttausend gemacht hatte. Das Kennzeichen wußte Dolphine nicht. Eine neue Adresse hatten die Listers nicht hinterlassen.

»Könnte ich Mrs. Dolphine sprechen?«

»Was wollen Sie von ihr?« Seine Hand wurde schwerer auf meiner Schulter. Seine Augen wurden eng und leer zwischen den geschwollenen Lidern.

»Sie könnte wissen, wo Lister hingegangen ist.«

»Glauben Sie?«

»Ja.« Ich zuckte mit den Schultern, um seine Hand abzuschütteln. »Ich habe gehört, sie ist eine Freundin von ihm.«

»Das haben Sie, wie?«

Er fiel gegen mich – sein aufwärtsgerichtetes Gesicht war durch plötzliche Wut verändert – und griff nach meiner Kehle. Er war stark, aber in seinen Reaktionen unbeholfen. Ich schlug seine Hände hoch und war frei. Er taumelte zurück gegen den Türpfosten, seine Arme waren ausgestreckt, als ob er gekreuzigt würde.

»Das war dumm von Ihnen, Dolphine.«

»Tut mir leid.« Er schauderte, als ob er Angst vor seinem eigenen Mut bekommen hatte. »Mir geht es nicht gut. Die Aufregung ...« Er legte die Hände ineinander und preßte sie auf die Hula-Mädchen auf seiner Brust. Sein asthmatisches Keuchen hörte sich an wie eine in seinem Hinterkopf gezupfte lose Gitarrensaite. Sein Gesicht war fleckig weiß.

»Was für eine Aufregung?«

»Stella hat mich verlassen. Sie hat mich ausgenommen und dann fallenlassen wie einen heißen Pfannkuchen. Ich gebe Ihnen einen Rat. Heiraten Sie nie eine jüngere Frau ...«

»Wann ist das passiert?«

»Gestern abend. Sie ist mit Lister weg.«

»Er hat beide Frauen mitgenommen?«

»Ja. Stella und die andere. Beide.« In seiner Trunkenheit kam ihm ein komischer Einfall, der ihn das Gesicht verziehen ließ. »Der große rote Bulle glaubt, er schafft es mit zweien. Meinetwegen. Ich hab genug von einer gehabt.«

»Haben Sie sie weggehen sehen?«

»Nee. Ich war im Bett.«

»Woher wissen Sie dann, daß Ihre Frau mit Lister davon ist?«

»Weil sie es mir gesagt hat.« Er hob die Schulter an und befreite sie von der schweren Last, die ihn gedrückt hatte. »Was konnte ich tun?«

»Sie müssen doch irgendeine Vorstellung haben, wohin sie gegangen sind.«

»Nee, ich weiß es nicht, und ich will es auch nicht wissen. Laß sie doch gehen. Sie war sowieso nicht gut zu mir.« Das asthmatische Keuchen hinter seinen Worten war wie ein unausgesprochener Kummer. »So, sage ich, laß sie gehen, gut, daß ich sie los bin.«

Er setzte sich auf die Stufen und bedeckte sein Gesicht mit

den Händen. Sein Haar war wirr und zerzaust wie eine Handvoll grauer Federn. Ich ließ ihn allein.

Ich fuhr zum *Oceano Hotel* und rief Harlan über einen Hausapparat an. Er antwortete sofort, seine Stimme war hoch und nörgelnd.

»Wo, um alles in der Welt, sind Sie gewesen? Ich habe versucht, Sie zu erreichen.«

»Ich habe Lister überprüft«, sagte ich. »Er und Ihre Schwester haben ihre Zelte abgebrochen ...«

»Ich weiß, er hat mich angerufen. Meine schlimmsten Ahnungen haben sich bestätigt. Er will Geld haben. Er kommt her und will versuchen, zu kassieren.«

»Wann?«

»Mittags um zwölf. Ich soll ihn hier in der Vorhalle treffen.«

Ich sah auf die Uhr an der Wand in der Nische hinter dem Empfangstisch: Zwanzig nach elf.

»Ich bin gerade in der Vorhalle. Soll ich raufkommen?«

»Ich komme runter.« Er zögerte. »Ich habe Besuch.«

Ich setzte mich auf eine mit rotem Plastik bezogene Polsterbank in der Nähe des Aufzugs. Der Metallzeiger oberhalb der Tür wanderte von eins nach drei und zurück nach eins. Die Tür öffnete sich. Heraus kam Harlans Mutter. Sie klimperte mit ihrem Schmuck und warf unsichere Blicke durch die Vorhalle. Sie trug ein grünlich-schwarzes Cape über ihrem Kleid aus Sackleinen, wodurch sie wie ein alter, unheilbringender Vogel aussah.

Sie sah mich und kam auf ihren dünnen Beinen mit langen Schritten auf mich zu. An ihren mageren Füßen trug sie flache Sandalen.

»Guten Morgen, Mrs. Harlan.«

»Ich heiße nicht Harlan«, sagte sie streng. Aber sie unterließ es, mir ihren Namen zu nennen. »Folgen Sie mir etwa, junger Mann? Ich warne Sie ...«

»Das brauchen Sie nicht. Ich bin hergekommen, um Ihren Sohn zu sprechen. Ich nehme an, daß Sie das auch getan haben.«

»Ja, mein Sohn.« Übelgelaunt zog sie ihre Mundwinkel nach unten. Aus ihren Gesichtsfalten funkelten die Augen wie nasse schwarze Steine. »Sie sehen wie ein anständiger Mann aus. Ich kenne etwas von geistigen Ausstrahlungen. Damit habe ich mich beschäftigt. Es ist meine Lebensaufgabe. Und ich werde Ihnen sagen, Mr. Sowieso, da Sie schon einmal in Reginalds Angelegenheiten verwickelt sind, mein Sohn hat eine unheilvolle Ausstrahlung. Schon als Junge war er kalt und herzlos, und das hat sich nicht geändert. Er will nicht einmal seiner Schwester helfen, die in äußerster Not ist.«

»In äußerster Not?«

»Ja, sie ist in sehr ernsten Schwierigkeiten. Sie wollte mir nicht sagen, was es ist. Aber ich kenne meine Tochter ...«

»Wann haben Sie sie gesehen?«

»Ich habe sie nicht gesehen. Sie hat mich gestern abend angerufen. Und sie brauchte verzweifelt Geld. Natürlich weiß sie, daß ich keins habe. In den letzten zehn Jahren habe ich ihr auf der Tasche gelegen. Sie bat mich, bei Reginald ein gutes Wort einzulegen, was ich auch getan habe.« Ihr Mund schloß sich. Es sah aus, als hätte man einen Beutel mit einer Schnur zugezogen.

»Er will die Schatztruhe der Familie nicht öffnen?«

Sie schüttelte den Kopf und vertrieb damit die Tränen aus ihren Augen. Der Pfeil über der Aufzugstür war auf drei gewandert und wieder zurück auf eins. Harlan kam aus dem Aufzug. Seine Mutter warf ihm einen Seitenblick zu und ging. Sie flatterte durch die Vorhalle hinaus auf die Straße, ein unheilverkündender Vogel, der einen noch ominöseren Unglücksboten gesehen hatte.

Harlan kam mit zögerndem Lächeln und ausgestreckter Hand auf mich zu. Sein Handschlag war kraftlos.

»Ich wollte gestern abend eigentlich nicht so unfreundlich werden. Wir Harlans sind leicht erregbare Leute.«

»Macht nichts, ich bin nicht übelnehmerisch.«

Er blickte auf die von der Sonne beschienene Tür, durch die seine Mutter verschwunden war. »Hat sie Ihnen einen Floh ins Ohr gesetzt? Ich muß Sie warnen, sie ist nicht ganz normal.«

»Hmm. Sie sagte mir, daß Maude Geld brauche.«

»Auf jeden Fall braucht Lister welches.«

»Wieviel?«

»Fünftausend Dollar. Er sagt, er hat einen von Maude ausgestellten Scheck über diesen Betrag. Ich soll die Auszahlung beschleunigen, indem ich unsere Bank in Chicago anrufe. Es läuft darauf hinaus, daß er *mich* auffordert, den Scheck einzulösen.«

»Haben Sie überhaupt mit Ihrer Schwester gesprochen?«

»Nein. Das ist eines der Dinge, die mich beunruhigen. Nur *eines* davon. Er gab eine lange wortreiche Erklärung ab, die darin gipfelte, daß Maude sich nicht wohl genug fühle, das Haus zu verlassen, und im Haus befände sich kein Telefon.«

»Er hat nicht gesagt, wo das ist?«

»Kein Wort. Er war überhaupt sehr ausweichend. Ich sage Ihnen, das bedeutet nichts Gutes; ich frage mich, ob sie überhaupt noch lebt ...«

»Nun machen Sie nicht die Pferde scheu. Das Wichtigste ist, herauszufinden, wo sie sich aufhält. Reizen Sie ihn also nicht, gehen Sie auf alles ein, was er sagt.«

»Sie meinen doch nicht etwa, ich soll den Scheck einlösen?« Er sprach mit tiefem Gefühl – es war seine fünftausend Dollar wert.

»Es ist das Geld Ihrer Schwester, nicht wahr? Vielleicht braucht sie es wirklich. Ihrer Mutter hat sie gesagt, daß sie es braucht.«

»Das behauptet Mutter. Aber die alte Närrin würde das Blaue vom Himmel für sie herunterlügen. Wenn sie nicht sogar mit ihr unter einer Decke steckt.«

»Das bezweifle ich.«

Harlan achtete nicht darauf. »Wie kommt es, daß Maude schon wieder Geld braucht? Vorige Woche hat sie tausend Dollar mitgenommen.«

»Vielleicht haben sie in Las Vegas haltgemacht.«

»Unsinn. Maude und Glücksspiel – ausgeschlossen. Sie ist völlig genügsam, so wie ich. Sie würde nie tausend Dollar in einer Woche ausgeben, es sei denn, der Mann hätte ihr das Geld aus der Nase gezogen.«

»Sicher könnte sie soviel ausgeben – in ihren Flitterwochen. Vielleicht ist alles halb so schlimm, wie Sie glauben. Ich habe einige Erkundigungen eingezogen; Lister hat einen guten Ruf.« Ich sah ein, daß das etwas übertrieben war, und fügte hinzu: »Zumindest ist er nicht durch und durch schlecht.«

»Das war der Massenmörder Landru auch nicht«, sagte Harlan düster.

»Wir werden sehen.« Die elektrische Uhr zeigte zehn vor zwölf.

»Machen Sie ihn nicht kopfscheu. Aber sagen Sie ihm, er müsse wegen des Geldes noch einmal wiederkommen. Ich werde draußen warten und ihn beschatten, wenn er herauskommt. Sie bleiben, wo Sie sind. Ich setze mich mit Ihnen in Verbindung, sobald ich herausfinde, wo die sich verkrochen haben.«

Er nickte mehrere Male.

»Und regen Sie ihn um Gottes willen nicht auf, Harlan. Ich glaube zwar nicht, daß er ein Berufsmörder ist, aber einen Mord im Affekt traue ich ihm schon zu.«

Zumindest besaß Lister die Tugend, pünktlich zu sein. Um eine Minute vor zwölf erschien aus Richtung Innenstadt von

Santa Monica her eine alte Buick-Limousine. Sie blieb etwa dreißig Schritt von dem Hoteleingang entfernt am Straßenrand stehen. Lister stieg aus und schloß die Wagentür ab. Eine Baskenmütze und die dunklen Brillengläser gaben ihm das Aussehen eines dekadenten Wikingers.

Ich hatte meinen Wagen auf der anderen Seite des breiten Boulevards in der falschen Richtung geparkt. Sobald Lister das Hotel betreten hatte, wendete ich und fand einen Parkplatz ein paar Wagen hinter dem Buick. Ich stieg aus, um mir sein Fahrzeug näher anzusehen.

Die blaue Farbe verschwand beinahe unter dem Straßenschmutz. Alle Kotflügel waren verbeult. Ich spähte durch die verstaubten Scheiben auf das Gepäck auf dem Rücksitz: das mit dem Monogramm MH gezeichnete Fluggepäck einer Frau, eine Herrentasche aus genarbtem Leder, beklebt mit Etiketts europäischer Hotels und Schiffahrtslinien, ein Segeltuch-Rucksack, vollgestopft mit rechteckigen Gegenständen, wahrscheinlich Büchern. Etwas Langes, das in braunes Papier eingewickelt war, lehnte quer über dem Gepäck. Es hatte die Form eines Spatens.

Ich sah mich um. Auf der Straße waren zu viele Leute, um den Wagen schnell zu durchstöbern.

Als ich wieder an meinem Steuer saß, notierte ich mir die Zulassungsnummer und wartete. Das blaue Funkeln des Meeres, das sich im Chrom vorbeifahrender Autos spiegelte, belästigte meine Augen. Ich setzte eine Sonnenbrille auf. Wenige Minuten später erschien Lister auf dem Fußweg und stolzierte in meine Richtung. Die dunklen Brillengläser hatte er abgenommen. Seine blauen Augen schienen aus den weißen Lidern hervorzutreten. Er sah übermütig aus. Ich erinnerte mich an das, was Schilling über das Manische in Lister gesagt hatte, und wünschte, mehr von der unteren Partie seines Gesichts sehen zu können, die häufig aufschlußreicher ist. Der Bart diente vielleicht einem bestimmten Zweck.

Lister stieg in den Buick und fuhr in Richtung Norden. Ich folgte ihm in dem dichten Mittagsverkehr in unterschiedlichen Entfernungen. Er fuhr gekonnt unbeherrscht. Vor der Verkehrsampel am Sunset Boulevard qualmten seine Reifen. Sechs oder acht Meilen weiter nördlich bog er, wieder mit kreischenden Reifen, von der Landstraße ab. Ich bremste hart und fuhr langsam in den Sandweg.

Der Weg führte steil zu einem Hügel hinauf. Hinter der Kuppe verschwand der Buick. Ich fraß mich durch seinen Staub nach oben und sah ihn eine viertel Meile vor mir weiterrasen. Der Wald wand sich nach unten in ein kleines eingeschlossenes Tal, wo einige Bauernhäuser inmitten von bebauten Feldern standen. Ein Traktor klammerte sich wie ein organgefarbener Käfer an den gegenüberliegenden Hang eines Hügels. Die Luft war so still, daß der Staub des Buicks wie eine klebrige Masse über dem Weg hing. Ich schluckte noch einige Meilen Staub hinunter anstelle eines Mittagessens.

Hinter dem dritten und letzten Bauernhaus kündigte ein Schild an *Sackgasse.* Daneben, an einem Pfahl, hing ein rostiger Briefkasten. Im Vorbeifahren warf ich einen Blick auf das verblichene Schild. Leonard Lister stand, soweit ich sehen konnte, darauf.

Der Buick hatte jetzt einen ziemlichen Vorsprung. Er schlängelte sich am Ende des Tales durch einen Engpaß zwischen zwei Felsen hindurch. Dann kam er außer Sicht. Der Weg wurde schlechter. Er verengte sich zu einem einspurigen Feldweg, der durch viele Frühjahrsregen zerfurcht und zerfressen war. An seiner engsten Stelle wurde er durch einen alten Erdrutsch versperrt.

Ich war so mit dem Weg beschäftigt, daß ich beinahe an dem Haus vorbeigefahren wäre, bevor ich es überhaupt bemerkte. Es stand weit zurück am Ende eines von Eukalyptusbäumen überschatteten Pfades. Durch die Bäume sah ich den leeren Buick; ich fuhr weiter. Als ich außer Sichtweite des

Hauses war, wendete ich meinen Wagen und stieg aus. Die Türen schloß ich vorsichtshalber ab.

Ich kletterte durch gelbe Senfblumen und purpurne Lupinen bis zu einer Stelle, von der ich einen Blick auf das Haus hatte. Es war eine völlige Ruine. Seine rissigen, verputzten Mauern hingen verrückt schief. Teile des Ziegeldaches waren eingefallen. Wahrscheinlich war das Haus verlassen worden, nachdem die Fundamente vom Wasser unterspült waren. Üppige Geranien wucherten im Vorgarten. Wilder Hafer stand kotflügelhoch rund um den Buick.

Im Hinterhof, nahe an der Hauswand, war ein breitschultriger Mann dabei, ein Loch zu graben. Das glänzende Blatt seines Spatens blitzte hin und wieder in der Sonne auf. Ich bewegte mich den Hang hinunter auf ihn zu. Das Loch war ungefähr sechs Fuß lang und zwei Fuß breit. Wenn Lister eine Pause einlegte, fiel der Schatten seines Kopfes mit den vorspringenden Kinnbacken an die Mauer.

Ich setzte mich hin, die gelben Senfblumen reichten mir bis zu den Augen, und beobachtete ihn bei der Arbeit. Nach einer Weile zog er sein Hemd aus. Seine schweren weißen Schultern waren mit bräunlichen Sommersprossen übersät. Das Metall des Spatens verlor seinen Glanz. Nach einer Stunde war das Loch etwa vier Fuß tief. Listers rotes Haar war dunkel vor Schweiß, der ihm auch über die Arme lief. Er stieß den Spaten in den Haufen Ton, den er ausgeworfen hatte, und verschwand im Haus.

Ich ging den Hügel weiter hinunter. Eine Fasanenhenne schwirrte vor meinen Füßen auf. In der Totenstille klang ihr Flügelschlag wie das Starten einer Düsenmaschine. Ich beobachtete das Haus, aber von dort kam keine Antwort, kein Gesicht zeigte sich an den zerbrochenen Fenstern. Ich stieg über den durchhängenden Drahtzaun und ging über den Hinterhof.

Wo einmal die Küche gewesen war, stand die Tür offen.

Der Fußboden war mit Mörtelbrocken übersät, die unter meinen Füßen knirschten. Durch die nackten Deckenbalken schien das Tageslicht. Die Stille war zart durchwirkt mit dem kaum hörbaren Summen der Insekten. Ich glaubte, von irgendwoher ein Stimmengemurmel zu hören; dann kam das Geräusch von schweren Schritten durch das Haus auf mich zu.

Ich hatte meinen Revolver bereit. Lister kam durch die innere Tür. Er schleppte ein Sackleinenbündel aufrecht in seinen Armen. Sein Kopf war ungeschickt zur Seite gedreht, damit er sehen konnte, wohin er trat. Dadurch bemerkte er mich erst, als ich ihn ansprach.

»Halt, Totengräber.«

Er hob seinen Kopf. Die Augen waren groß und blau in dem roten, schweißüberströmten Gesicht. Seine Reaktion war verblüffend schnell und geistesgegenwärtig. Ohne auch nur einen Schritt auszusetzen, kam er auf mich zu. Als er nur noch auf Armeslänge entfernt war, warf er mir das Bündel entgegen. Ich verlor den Halt unter den Füßen, als das in Sackleinen gehüllte Etwas gegen mich prallte. Ich stieß es weg. Es war schwer und steif wie gefrorenes Fleisch. Mit dem einen Absatz stampfte Lister mir auf die Hand, die den Revolver hielt, mit dem anderen trat er mir ins Gesicht. Das Tageslicht zwischen den Deckenbalken schimmerte rot und erlosch.

Als ich blinzelnd wieder die Augen öffnete, stach mir die Sonne durch die offene Tür ins Gesicht. Mein einer Arm war steif, festgehalten durch das Etwas in der Sackleinenhülle. Ich befreite mich von seiner Umarmung und setzte mich aufrecht gegen die Wand. Das Rumoren der Insekten klang in meinem Kopf wie das Stakkato kleiner Handfeuerwaffen zwischen der schweren Artillerie meines Pulses. Eine Weile schwebte ich zwischen Wachsein und Bewußtlosigkeit. Dann klärte sich mein Gesichtsfeld. Mit der Hand, die ich bewegen konnte, tastete ich mein geschwollenes Gesicht ab.

Mein Revolver lag auf dem Fußboden. Ich nahm ihn auf und drehte die Trommel: die Kammern waren geleert worden. Noch immer sitzend, zog ich das Sackleinen-Bündel zu mir heran. Ich knüpfte die Schnur auf, die die Umhüllung zusammenhielt. Als ich mit zitternder Hand das Sackleinen herunterzog, sah ich eine Locke schwarzen, welligen Haares, das steif von Blut war.

Ich stand auf und wickelte den Körper vollständig aus. Es war die Leiche einer einst schönen Frau. Ihre Schönheit war durch eine Kontusion beeinträchtigt, die sich wie eine Furche über die linke Schläfe zog.

Als ich mich tiefer beugte, bemerkte ich außerdem ein paar blaurote Ovale an der Kehle. Daumenabdrücke.

Ihre Haut schimmerte in dem Licht, das von der Tür her kam, wie Elfenbein. Ich bedeckte die Leiche mit dem Sackleinen. Dann bemerkte ich, daß meine Brieftasche offen auf dem Fußboden lag. Nichts schien daraus zu fehlen. Aber die Fotokopie meiner Lizenz war halb aus ihrer Hülle gezogen.

Ich ging durch das Haus. Es war ein seltsamer Ort für Flitterwochen; selbst für Flitterwochen, die mit einem Mord endeten. Lampen gab es überhaupt nicht, auch keine Möbel, mit Ausnahme einiger Gartenmöbel. In dem ehemaligen Wohnzimmer standen zwei Liegestühle und eine Liege aus Rotholz mit zerrissenem Polster. Dieser Raum hatte eine relativ wetterfeste Decke. Hier hatten Lister und seine Frau gewohnt. Spuren im Kamin deuteten darauf hin, daß erst kürzlich ein Feuer darin gebrannt hatte: verkohlte Reste von Eukalyptusbaumrinde und einige angesengte Tuchfetzen. Die Asche war noch nicht ganz kalt. Ich ging durch das Zimmer zu der hölzernen Liege und bemerkte die Abdrücke eines Frauenabsatzes im Staub des Fußbodens. Außerdem hatte jemand in langer Schrägschrift drei Wörter in den Staub geschrieben: *Ora pro nobis.* Die Bedeutung fiel mir langsam ein, obwohl ich sie zwanzig oder mehr Jahre nicht mehr gehört hatte. *Ora pro nobis* – Bitte für uns. Jetzt und in der Stunde unseres Todes ...

Eine Minute lang fühlte ich mich körperlos wie ein Geist. Die tote Frau und die lebendigen Worte waren wirklicher als ich. Die Welt war gegenwärtig ein Haus mit einfallendem Dach, so kümmerlich, daß das Sonnenlicht hindurchschien.

Als ich von draußen das Geräusch eines Wagens hörte, war ich mit einem Sprung neben der offenen Haustür. Ein neuer gelbbrauner Studebaker arbeitete sich auf dem überwachsenen Pfad unter den Eukalyptusbäumen heran. Er hielt, wo der Buick gestanden hatte, und Harlan stieg aus.

Ich stellte mich hinter die Tür und beobachtete ihn durch eine Ritze. Er kam vorsichtig näher, seine dunklen Augen gingen hin und her. Als sein Fuß die Schwelle berührte, trat ich ihm mit dem leeren Schießeisen entgegen. Mitten im Schritt hielt er inne, starr wie die tote Frau.

»Um Himmels willen, nehmen Sie die Kanone runter. Sie können einen ja zu Tode erschrecken.«

»Ehe ich sie runternehme, möchte ich wissen, wie Sie hierhergekommen sind. Haben Sie mit Lister gesprochen?«

»Ich habe ihn mittags gesehen, das wissen Sie doch. Er hat mir von diesem Haus erzählt, das ihm einmal gehörte. Ich bin nicht schnell genug auf die Straße gekommen, um Sie abzufangen. Nehmen Sie nun die Kanone runter – so ist es recht. Was ist denn mit Ihrem Gesicht passiert?«

»Das ist momentan unwichtig. Ich verstehe aber immer noch nicht, warum Sie hier sind.«

»War das nicht so abgemacht, daß ich Sie hier treffen sollte? Ich habe einen Wagen gemietet und bin, so schnell ich konnte, hergekommen. Es war gar nicht leicht, diese Bruchbude hier zu finden. Sind die beiden da?«

»Einer von ihnen ja.«

»Meine Schwester?« Seine Hand ergriff meinen Arm. Die

langen weißen Finger waren stärker, als sie aussahen, und es war schwer, sie abzuschütteln.

»Das sollten Sie mir besser sagen.«

Ich führte ihn durch das Haus nach hinten in die Küche, zog das Sackleinen zurück, das den zerschlagenen Kopf bedeckte und beobachtete Harlan dabei. Seine Miene blieb unverändert. Kein Muskel bewegte sich in seinem Gesicht. Entweder war Harlan kalt wie die Leiche, oder er hatte sich meisterlich in der Gewalt.

»Ich habe diese Frau noch nie gesehen.«

»Es ist nicht Ihre Schwester? Sehen Sie noch einmal gut hin.« Ich zog die Hülle ganz von der Leiche.

Harlan wandte den Blick ab, das Blut war ihm in die Wangen gestiegen. Aber dann schielte er doch verstohlen zu der Leiche zurück.

»Das ist Ihre Schwester, nicht wahr, Mr. Harlan?«

Ich mußte die Frage wiederholen, damit er sie hörte. Er schüttelte den Kopf. »Ich habe die Frau noch nie gesehen.«

»Das glaube ich Ihnen nicht.«

»Sie glauben doch nicht im Ernst, daß ich es ablehnen würde, mein eigen Fleisch und Blut zu identifizieren.«

»Falls es Geld bringt.«

Er hörte mich nicht. Der Anblick der Leiche schien ihn fasziniert zu haben. Ich zog das Sackleinen wieder darüber und erzählte ihm, was passiert war. Aber ich faßte mich kurz, als ich erkannte, daß er nicht interessiert war.

Ich nahm ihn mit in das vordere Zimmer und zeigte ihm die Handschrift im Staub.

»Ist das die Schrift Ihrer Schwester?«

»Das kann ich nicht sagen.«

»Schauen Sie genau hin.«

Harlan hockte sich nieder und lehnte einen Arm auf die Liege. »Es ist nicht ihre Handschrift.«

»Konnte sie Latein?«

»Selbstverständlich. Sie hat Latein unterrichtet. Ich wundere mich nur, daß Sie die Sprache beherrschen.«

»Das tue ich auch nicht, aber meine Mutter war Katholikin.«

»Ach so.« Er erhob sich ungeschickt und rutschte auf einem Knie nach vorn, wobei er die Schrift auslöschte.

»Verdammt!« sagte ich. »Sie tun gerade so, als ob Sie selbst sie ermordet hätten.«

»Seien Sie nicht albern.« Er lächelte dünn, seine Mundwinkel verzerrten sich. »Sie glauben wohl immer noch, daß Maude in dem hinteren Zimmer liegt, nicht wahr?«

»Ich glaube, daß Sie gelogen haben. Sie waren zu sehr darauf bedacht, sie nicht zu identifizieren.«

»Nun.« Er staubte sein Knie mit den Händen ab. »Ich nehme an, es ist besser, ich erzähle Ihnen die Wahrheit, da Sie sie sowieso schon kennen. Sie haben völlig recht, es ist meine Schwester. Sie ist jedoch nicht ermordet worden.«

Die unwirkliche Atmosphäre kehrte in das Zimmer zurück. Ich setzte mich auf die Liege, die unter meinem Gewicht ächzte.

»Es ist eine tragische Geschichte«, begann Harlan. »Ich hatte eigentlich gehofft, daß ich sie Ihnen nicht zu erzählen brauchte. Maude ist gestern abend durch einen Unfall ums Leben gekommen. Nachdem ich dort gewesen war, hat sie sich mit Lister gestritten, weil er sich weigerte, mich einzulassen. Dann ist sie ganz übergeschnappt. Lister hat versucht, sie zu beruhigen, aber sie riß sich los und stürzte sich die Außentreppe hinab. Der Sturz hat sie getötet.«

»Ist das Listers Version?«

»Es ist die reine Wahrheit. Er war gerade bei mir in meinem Hotelzimmer und hat erzählt, was passiert ist. Ich erkenne echten Schmerz, wenn er mir begegnet, und ich weiß, wann ein Mann die Wahrheit sagt.«

»Dann können Sie mehr als ich. Ich glaube, er hält Sie zum Narren.«

»Was?«

»Ich habe ihn praktisch auf frischer Tat ertappt, bei dem Versuch, die Leiche zu vergraben. Jetzt will er sich, so gut er kann, herauslügen. Es kommt mir sehr sonderbar vor, daß Sie das alles geschluckt haben.«

Harlans schwarze Augen forschten in meinem Gesicht. »Ich versichere Ihnen, es ist die Wahrheit. Er hat mir alles erzählt, einschließlich dieser – Begräbnisangelegenheit. Versetzen Sie sich in seine Lage. Als Maude gestern abend die Nerven verlor und Selbstmord beging, hat Lister sofort erkannt, daß der Verdacht auf ihn fallen würde, vor allem mein Verdacht. Er gestand mir, daß er schon mal Schwierigkeiten mit der Polizei gehabt hatte. In seiner Panik reagierte er wie ein Schuldiger. Er erinnerte sich an diesen verlassenen Ort und brachte die Leiche her, um sich ihrer zu entledigen. Das war natürlich unbesonnen und sogar ungesetzlich, aber unter den Umständen, glaube ich, verständlich.«

»Sie sind ja plötzlich so verständnisvoll. Was ist denn mit den fünf großen Scheinen, um die er Sie betrügen wollte?«

»Wie bitte?«

»Der Scheck über die fünftausend. Haben Sie das vergessen?«

»Sprechen wir nicht mehr davon«, sagte er gleichgültig. »Das ist meine Angelegenheit, die nur ihn und mich etwas angeht.«

Langsam begann sich ein Bild vor meinen Augen abzuzeichnen, nur die Motive waren mir noch ein Rätsel. Irgendwie hatte Lister es fertiggebracht, Harlan auf seine Seite zu bringen. Ich sagte mit der ganzen Ironie, die ich aufbringen konnte:

»Wir werden also die Leiche begraben und nicht mehr davon sprechen.«

»Das ist genau meine Idee. Aber nicht wir, sondern Sie. Ich kann mir nicht erlauben, in irgendeine Gesetzwidrigkeit verwickelt zu werden.«

»Wie kommen Sie zu der Vorstellung, daß ich mir das erlauben könnte?«

Er nahm aus der Jackentasche eine kunstlederne Falthülle und zeigte mir die Reiseschecks darin. Es waren zehn Hunderter. »Tausend Dollar«, sagte er, »scheinen mir eine angemessene Bezahlung für einen Totengräber zu sein. Genug, um mich auch seiner Vergeßlichkeit zu versichern.«

Sein Blick war sehr wissend, aber seine Leidenschaft fürs Geld machte Harlan instinktlos. Er war wie ein unmusikalischer Mensch, der sich nicht vorstellen kann, daß andere Leute Musik hören und sie sogar leiden mögen. Aber ich hatte keine Lust, mich mit ihm zu streiten. Ich ließ ihn die Schecks unterschreiben und hörte mir seine Anordnungen an: Ich sollte die Tote begraben und dann alles so schnell wie möglich wieder vergessen.

»Es ist mir schrecklich, meiner armen Schwester das anzutun«, sagte er, ehe er mich verließ. »Die Vorstellung, sie einfach hier verscharren zu lassen ... Aber ich habe das Wohl der Schule im Auge zu behalten. Wir könnten zumachen, wenn hiervon etwas in die Zeitungen käme. Brüderliche Pietät hat hier vor den Pflichten gegenüber der Allgemeinheit zurückzutreten.«

Natürlich begrub ich die Leiche nicht. Ich ließ sie, wo sie war, und folgte Harlan zurück nach Santa Monica. Ich holte den Studebaker ein, bevor er die Stadt erreichte, aber ich ließ ihn voranfahren.

Er parkte den Wagen auf dem Wilshire Boulevard und ging in ein Flugreisebüro. Ehe ich einen Parkplatz gefunden hatte, kam er schon wieder heraus und stieg in seinen Wagen. Ich notierte mir den Namen des Reisebüros und folgte dem Studebaker bis zum *Oceano Hotel.* Harlan ließ ihn an dem weißen Bordstein für den Garagenwärter stehen. Im Handschuhfach hatte ich genügend Patronen, um meinen Revolver neu zu laden.

Die Hotelhalle war leer bis auf den Angestellten im Empfang und zwei alte Damen, die Canasta spielten. Ich fand hinten eine Telefonzelle und rief das Reisebüro an. Eine Stimme mit sorgfältig bewahrtem britischen Akzent sagte:

»Reisebüro Sanders. Sanders am Apparat.«

»Hier spricht J. Reginald Harlan«, sagte ich wichtigtuerisch. »Sie erinnern sich vielleicht?«

»Selbstverständlich, Mr. Harlan. Ich nehme an, Sie sind mit Ihren Vorbestellungen zufrieden?«

»Ich weiß nicht so genau. Wissen Sie, ich bin sehr in Eile und muß so schnell wie möglich dort ankommen.«

»Ich versichere Ihnen, Mr. Harlan, daß ich den erstmöglichen Flug für Sie gebucht habe. Um zehn Uhr vormittag vom Internationalen Flughafen.« Eine Spur von Ungeduld zog sich durch die geziert gesprochenen Worte. »Ich dachte, ich hätte das deutlich gemacht. Es steht auf Ihrem Umschlag.«

»Den habe ich eben nicht zur Hand.«

»Nach dem Flugplan treffen Sie morgen früh um acht Uhr ein. Chicagoer Zeit. In Ordnung?«

»Ich danke Ihnen.«

»Gern geschehen.«

Ich rief die Hotelzentrale an und verlangte Harlan.

»Wer spricht dort bitte?« gurrte das Fräulein von der Vermittlung.

»Lister. Leonard Lister.«

»Einen Moment, Mr. Lister, ich rufe in Mr. Harlans Zimmer an. Er erwartet Sie.«

»Bemühen Sie sich nicht. Ich gehe so rauf. Wie war doch die Nummer?«

»Drei-vierzehn, Sir.«

Ich fuhr mit dem Aufzug bis zum dritten Stock. Der junge Fahrstuhlführer sah mir ins Gesicht; er öffnete den Mund zu einer Bemerkung, fing aber einen Blick von mir ein und schloß ihn wieder, ohne ein Wort zu sagen. Harlan hatte sein Zimmer an der Straßenseite des Hotels, in guter Lage.

Ich klopfte.

»Bist du's, Leonard?«

»Hmm.«

Harlan öffnete die Tür, und ich drängte mich hinein. Erschrocken legte er beide Hände vor die Brust wie eine Frau. Haßerfüllt sah er mich an, dann sagte er: »Kommen Sie rein, Mr. Archer.«

»Ich bin schon drin.«

»Dann setzen Sie sich. Ich habe nicht erwartet, Sie wiederzusehen. So bald«, fügte er hinzu. »Es hat doch wohl nicht irgendwelche Schwierigkeiten gegeben?«

»Keine Schwierigkeiten. Es ist nur wieder mal der übliche Mord.«

»Aber es war ein Unfall ...«

»Vielleicht war der Sturz wirklich ein Unfall. Ich glaube aber nicht, daß der Sturz sie getötet hat. An ihrer Kehle sind Daumenabdrücke.«

»Davon weiß ich nichts. Aber setzen Sie sich doch, Mr. Archer.«

»Ich stehe lieber. Außerdem hat Ihre Schwester in dem Haus ein Gebet in den Staub geschrieben. Sie lebte also, als Lister sie dorthin brachte. Und weiter haben Sie gerade Flugkarten nach Chicago gekauft, und Sie erwarten Listers Besuch. Sie scheinen allmählich auf reichlich vertrautem Fuß mit ihm zu stehen.«

»Schließlich ist er mein Schwager.« Seine Stimme war ziemlich anbiedernd.

»Und Sie haben ihn gern, wie?«

»Leonard hat seine Vorzüge.«

Er setzte sich in einen Sessel am Fenster. An seinem Profil vorbei konnte ich den Himmel und das Meer sehen. Es war weit und offen, besprenkelt mit reinen weißen Segeln. Ich hatte schon zu viel Zeit mit Versuchen vergeudet, Lügner in gemieteten Zimmern auszufragen.

»Ich glaube, Sie haben gemeinsame Sache mit ihm gemacht. Der Tod Ihrer Schwester kommt Ihnen beiden gelegen. So wie ich Sie beide kenne, wären Sie fähig, um des Vorteils willen einen Mord zu begehen.«

»Dann haben Sie also Ihre Ansicht über Lister geändert, wie?«

»Nicht so sehr wie Sie.«

Harlan fuchtelte mit seinen Händen in der Luft herum. »Mein lieber, guter Mann, Sie irren sich ganz gewaltig. Sehen wir einmal von dem Geld ab, das ich Ihnen gezahlt habe, so hoffe ich doch in Ihrem Interesse, daß Sie nicht irgendwelche vorschnellen Schritte unternehmen.« Er sah mich herausfordernd an. »Wenn ich mit Lister im Bunde wäre, hätte ich dann gestern um Ihre Hilfe ersucht, he?«

»Einen Grund werden Sie schon gehabt haben. Obwohl ich nicht sehe, welchen.«

»Ich bin in aller Aufrichtigkeit zu Ihnen gekommen. Aber jetzt, da ich die Situation besser kenne, sage ich Ihnen mit derselben Aufrichtigkeit, wenn Lister meine Schwester umgebracht hätte, würde ich ihn bis ans Ende der Welt verfolgen. Sie kennen mich nicht.«

»Was ist mit den Flugkarten?«

»Ich habe keine Flugkarten gekauft, und wenn ich es hätte, ginge es Sie nichts an. Schauen Sie.« Er zeigte von einer Rückflugkarte den Abschnitt für die Strecke Los Angeles–Chicago. »Ich fliege morgen zurück nach Chicago, allein.«

»Auftrag ausgeführt?«

»Der Teufel sollte Sie holen!« Es war der stärkste Kraftausdruck, den ich je von ihm gehört hatte. Er stand auf und kam auf mich zu. »Verschwinden Sie jetzt aus meinem Zimmer. Mir ist übel von Ihrem Anblick.«

»Ich bleibe.«

»Ich werde den Hausdetektiv rufen.«

»Bitte, dann rufen Sie auch gleich die Polizei.«

Er ging zum Zimmertelefon und nahm den Hörer ab. Ich stand dabei und beobachtete, wie sich seine Überheblichkeit in Nichts auflöste. Er legte den Hörer wieder hin. Ich setzte mich in den Sessel, den er geräumt hatte, und er ging ins Badezimmer. Ich hörte ihn drinnen würgen. Er hatte es wörtlich gemeint, als er sagte, mein Anblick verursache ihm Übelkeit.

Nach einer Weile klingelte das Telefon. Ich nahm den Anruf entgegen. Eine Frauenstimme sagte: »Reggie? Ich rufe aus einem Drugstore an. Können wir zu dir raufkommen? Leonard glaubt, es wäre sicherer.«

»Natürlich«, sagte ich mit höherer Stimme.

»Hast du die Flugkarten?«

»Sicher doch.«

Die Badezimmertür hatte sich geöffnet. Harlan warf sich auf meinen Rücken. Ich hängte vorsichtig ein, ehe ich mich mit ihm beschäftigte. Mit Nägel und Zähnen ging er auf mich los. Ich mußte ihn auf die harte Tour beruhigen, mit meiner linken Faust. Ich schleppte ihn ins Badezimmer und schloß die Tür hinter ihm.

Dann setzte ich mich auf das Bett und starrte auf das Telefon. Lister hatte eine Frau bei sich, und sie kannte Harlan. Sie kannte Harlan gut genug, um ihn Reggie zu nennen. Und Reggie hatte für sie und Lister Flugkarten gekauft. Es gab mir einen Ruck, der mir durch und durch ging. Der ganze Fall ging mir im Kopf herum und setzte sich verrückt verkantet fest. Vor mir stand das mondbleiche Antlitz Dolphines und der gesichtslose Schemen der Frau auf, die ihn verlassen hatte.

Ich fand seinen Namen im Telefonbuch. Sein Apparat

klingelte sechsmal, dann kam die Stimme undeutlich über den Draht:

»Jack Dolphine.«

Ich sagte barsch, um ihn davon abzuhalten, wieder einzuhängen: »Ihre Frau hat Sie verlassen, habe ich gehört.«

»Was ist das? Wer sind Sie?«

»Der Privatdetektiv, mit dem Sie heute früh über den Fall Lister gesprochen haben. Er ist zu einem Mordfall geworden.«

»Mord? Was hat Stella damit zu tun?«

»Das ist die Frage, Mr. Dolphine. Ist sie dort?«

Ein langes Schweigen folgte. Es endete mit einem »Nein«, das fast so leise wie das Schweigen war.

»Wann ist sie fortgegangen?«

»Das habe ich Ihnen doch erzählt. Gestern abend. Jedenfalls war sie weg, als ich heute morgen aufstand.« Selbstmitleid oder irgendein anderes Gefühl stieg ihm hörbar in der Kehle hoch. »Dieser Mord, Sie meinen doch nicht etwa Stella?« Rührung erstickte seine Stimme.

»Nehmen Sie sich zusammen. Ist Ihre Frau wirklich mit Lister weggegangen?«

»Soviel ich weiß, ja. Hat er sie umgebracht? Versuchen Sie etwa, mir das beizubringen?«

»Ich versuche nicht, Ihnen irgend etwas zu erzählen. Ich habe eine Leiche auf dem Hals. Sie müßten in der Lage sein, sie zu identifizieren.«

»Und Lister hat sie umgebracht?« Seine Stimme wurde lebhaft.

»Das weiß ich noch nicht. Aber ich werde es bald wissen.«

»Lassen Sie ihn bloß nicht laufen, was Sie auch immer tun. Er ist gefährlich. Er hat sie ermordet, ich weiß, daß er sie umgebracht hat.«

Er verschluckte sich wieder.

Scharf sagte ich: »Woher wissen Sie das?«

»Er hat damit gedroht. Ich habe gehört, wie sie vor einigen Wochen miteinander redeten, bevor er in den Osten ging. Sie stritten sich in seinem Atelier und brüllten sich an wie wilde Tiere. Sie wollte sich von mir scheiden lassen, ihn heiraten und mit ihm auf und davon gehen. Er sagte, er wollte eine andere Frau heiraten, eine Frau, die er wirklich liebte. Sie sagte, das würde sie nicht zulassen, und er – wenn sie Zicken machte, würde er sie mit eigenen Händen erwürgen.«

»Können Sie das beschwören?«

»Ich schwöre es. Es ist die Wahrheit.« Er senkte seine Stimme. »*Hat* er sie erwürgt?«

»Eine Frau ist tot. Ich weiß nicht, wer sie ist, bis jemand sie identifiziert. Ich bin in Santa Monica, im *Oceano Hotel.* Können Sie sofort herkommen?«

»Ich glaube schon. Ich weiß, wo es ist. Ist Stella dort?«

Draußen im Korridor waren aufgeregte Schritte zu vernehmen.

»Vielleicht ist sie bald hier. Machen Sie so schnell, wie Sie können und kommen Sie gleich rauf. Ich bin in Zimmer drei-vierzehn.«

Jemand klopfte an die Tür. Ich legte den Hörer auf, holte meinen Revolver raus und nahm ihn mit zur Tür, die ich weit öffnete. Lister war überrascht, mich zu sehen. Seine Augen traten aus den weißen Lidern hervor. Mit der rechten Hand setzte er zu einer Bewegung an, die jedoch von der Frau an seiner Seite abgefangen wurde. Mit beiden Händen umklammerte sie seinen Arm und hängte sich mit ihrem ganzen Gewicht daran:

»Bitte, Leonard, keine Gewalt mehr. Noch mehr könnte ich nicht ertragen.«

Aber es hatte bereits Gewalt gegeben, und sie hatte sie ertragen. Die Spuren davon waren in ihrem Gesicht. Sie hatte ein blaues Auge und auf einer Wange schräg verlaufende tiefe Kratzer. Sonst war sie eine ansehnliche Frau von etwa dreißig

Jahren oder so, groß, schmalhüftig in einem Schneiderkostüm. Ein neu aussehender Hut saß keck auf ihren dunklen Haaren. Aber ihr eines Auge, das nicht angeschlagen war, glühte vor Verzweiflung:

»Sind Sie von der Polizei?«

Lister legte ihr seine freie Hand auf den Mund. »Sei jetzt ruhig. Kein Wort. Ich rede.«

In einer Art Gleichschritt stolperten sie in das Zimmer. Ich schloß die Tür mit dem Absatz. Die Frau setzte sich auf das Bett. In ihrem bleichen Gesicht leuchteten die Kratzspuren. Lister stand vor ihr.

»Wo ist Harlan?«

»Ich stelle hier die Fragen. Sie werden antworten.«

»Was bilden Sie sich eigentlich ein, wer Sie sind?«

Er machte einen drohenden Schritt. Ich richtete meinen Revolver auf seinen Magen.

»Ich bin der mit dem Schießeisen. Es ist geladen. Wenn nötig, werde ich davon Gebrauch machen.«

Die Frau sagte hinter seinem Rücken: »Hör auf, Leonard. Es hat keinen Zweck. Gewalt bringt nur neue Gewalt hervor. Hast du das noch nicht gelernt?«

»Reg dich nicht auf, es wird keine Schwierigkeiten geben. Ich weiß, wie man mit diesen Hollywood-Typen von Dollarjägern fertig wird.« Er wandte sich mir zu, ein blasses, höhnisches Lächeln blitzte in seinem Bart auf. »Sie *sind* doch hinter Geld her, nicht wahr?«

»Das hat Harlan auch geglaubt. Er hat mir tausend Dollar gezahlt, um eine tote Frau zu begraben und sie zu vergessen. Ich werde seine Schecks der Polizei übergeben.«

»Sie können mir viel erzählen.«

»Sie werden es erleben, Lister. Ich werde Sie gleichzeitig der Polizei übergeben.«

»Es sei denn, daß ich Sie bezahle, wie? Wieviel?«

Die Frau seufzte. »Liebster. Diese Listen und Kniffe –

kannst du nicht sehen, wie unsauber, wie unsauber und elend sie sind? Wir haben es auf deine Art versucht, und es ist fehlgeschlagen, erbärmlich. Jetzt sollten wir es einmal auf meine Art versuchen.«

»Das geht nicht, Maude. Außerdem ist noch gar nichts fehlgeschlagen.«

Er setzte sich auf das Bett und legte einen Arm um ihre schmalen Schultern. »Laß mich nur mit ihm reden. Mit dieser Sorte bin ich schon früher fertig geworden. Er ist ein Privatdetektiv. Dein Bruder hat ihn gestern angeheuert.«

»Wo ist mein Bruder jetzt?« fragte sie mich. »Es ist ihm doch nichts passiert?«

»Er ist dort drin. Ein bißchen mitgenommen zwar.«
Ich deutete mit meinem Revolver auf die Badezimmertür. Aus irgendeinem Grunde war es peinlich, mit der nackten Waffe vor ihr herumzufuchteln. Ich steckte sie in den Hosenbund, ließ aber die Jacke offen, falls ich sie schnell brauchte.

»Sie sind Maude Harlan?«

»Das war ich einmal. Jetzt bin ich Mrs. Lister. Dies ist mein Mann.« Sie sah mir ins Gesicht. Ich bekam einen Schimmer davon mit, was zwischen den beiden war. Es flakkerte auf wie ein unerwarteter Blitz in blauer Dunkelheit.

»Die Tote ist also Stella Dolphine.«

»Ist das ihr Vorname? Es ist seltsam, eine Frau getötet zu haben, ohne ihren Namen zu kennen.«

»Nein.« Das Wort kam krächzend aus Listers Kehle. »Meine Frau weiß nicht, was sie sagt. Sie fühlt sich nicht gut.«

»Das ist jetzt vorbei, Leonard. Ich passe wohl nicht so ganz in die Rolle der Verbrecherin.« Sie schenkte zuerst ihm ein strahlendes, allerdings durch die Kratzer entstelltes Lächeln und dann mir einen kümmerlichen Rest davon. »Leonard war nicht dabei. Er stand unter der Dusche, als die Frau – als Mrs. Dolphine an unsere Tür kam. Ich habe sie getötet.«

»Warum?«

»Es ist alles meine Schuld«, sagte Lister, »von Anfang an. Ich hatte nicht das Recht, Maude zu heiraten und in meine Art von Leben herabzuziehen. Ich war verrückt, daß ich sie zu mir in diese Wohnung genommen habe.«

»Und warum haben Sie es getan?«

Seine weißumringten Augen rollten in dem Bemühen, in seiner eigenen Seele zu lesen. »Ich weiß es wirklich nicht. Stella glaubte, mich zu besitzen. Ich mußte beweisen, daß es nicht so war.« Seine Augen wurden ruhig. »Ich bin ein unheilvoller Narr.«

»Sei ruhig.« Ihre Finger berührten seinen bärtigen Mund. Ihr Handrücken war zerkratzt. »Es war wie ein böser Traum. Ich weiß kaum, wie es geschehen ist. Es geschah einfach. Sie fragte mich, wer ich sei, und ich sagte, daß ich Leonards Frau sei. Darauf behauptete sie, daß sie in den Augen des Himmels auch seine Frau sei. Sie versuchte, in die Wohnung einzudringen. Ich forderte sie auf, zu gehen. Worauf sie sagte, ich sei diejenige, die gehen müsse. Ich solle mit meinem Bruder nach Hause gehen. Als ich das ablehnte, wurde sie handgreiflich. Sie zerrte mich an den Haaren nach draußen auf den Treppenabsatz. Irgendwie muß ich sie weggestoßen haben. Sie fiel rückwärts die Stufen hinunter, ganz bis nach unten. Ich hörte ihren Schädel auf den Beton aufschlagen.« Sie legte sich ihre kleine Hand auf den Mund, als ob sie ihn zum Schweigen bringen wollte. »Ich glaube, dann bin ich ohnmächtig geworden.«

»Ja«, sagte Lister. »Maude lag bewußtlos auf dem Treppenabsatz, als ich aus der Dusche kam. Ich habe sie hineingetragen. Es hat einige Zeit gedauert, bis ich sie wieder zu sich gebracht und herausgefunden hatte, was passiert war. Ich brachte sie zu Bett und ging nach unten, um nach Stella zu sehen. Sie war tot, am Fuß der Treppe. Tot.« Seine Stimme brach.

»Du hast sie geliebt, Leonard«, sagte seine Frau.

»Nicht mehr, nachdem ich dir begegnet war.«

»Sie war schön.« In ihrer Stimme lag eine fragende Traurigkeit.

»Jetzt ist sie es nicht mehr«, sagte ich. »Sie ist tot, und Sie haben ihre Leiche in der Gegend herumgeschleppt. Welchen Sinn hatte das?«

»Keinen Sinn.« Hinter seiner bärtigen Maske sah er aus wie ein Junge, der etwas ausgefressen hat. »Ich verlor den Kopf. Maude wollte gleich die Polizei rufen. Aber bei denen bin ich nicht allzu gut angeschrieben, wegen der paar Eseleien. Und ich wußte, was Dolphine tun würde, wenn er Stella tot vor meiner Tür fände. Er haßt mich.« Seine naiven blauen Augen schienen verblüfft, als er Zusammenhänge einzusehen begann. »Ich kann es ihm nicht übelnehmen.«

»Was hätte er denn getan?«

»Nach der Polizei geschrien und mich einen Mörder genannt.«

»Das leuchtet mir nicht ein. So wie Ihre Frau es beschrieben hat, ist es ein klarer Fall von Totschlag, wahrscheinlich gerechtfertigter Totschlag.«

»Tatsächlich? Das wußte ich nicht. Ich fühlte mich so schuldig wegen Stella, daß ich nicht klar denken konnte. Ich wollte sie einfach nur verstecken und Maude aus dem Lande bringen, weg von dem Durcheinander, das ich angerichtet habe.«

»Dafür waren also die fünftausend Dollar?«

»Ja.«

»Sie wollten über Chicago reisen?«

»Der Plan wurde geändert. Maudes Bruder hat mir geraten, sie statt dessen nach Chicago zurückzubringen. Nachdem Sie uns aufgespürt hatten, bin ich zu ihm gegangen und habe ihm alles erzählt. Er sagte, das Land zu verlassen wäre ein klares Schuldgeständnis, wenn der Fall einmal vor Gericht käme.«

»Das wird er auch.«

»Ist das wirklich notwendig?« Er beugte sich zu mir herüber, wobei das Bett unter dem sich verschiebenden Gewicht quietschte. »Wenn Sie nur etwas menschlich sind, dann lassen Sie uns nach Chicago gehen. Meine Frau ist eine gebildete Dame. Ich weiß nicht, ob Ihnen das etwas bedeutet.«

»Bedeutet es Ihnen etwas?«

Er senkte die Augen. »Ja. Sie kann so einen Prozeß hier in Los Angeles nicht durchstehen, mit dem ganzen Schmutz, den die über mich ausgraben und ihr ins Gesicht werfen werden.«

Ich sagte: »Ich habe etwas Menschlichkeit, aber nicht genug für alle. Gerade jetzt benötige ich das meiste davon für Stella Dolphine.«

»Sie haben selbst gesagt, daß es gerechtfertigter Totschlag war.«

»So wie es Ihre Frau erzählt hat, ja.«

»Sie glauben mir nicht?« Ihre Stimme klang erstaunt.

»Was Ihre Geschichte angeht, so glaube ich Ihnen. Aber Sie kennen nicht alle Tatsachen. An Stella Dolphines Kehle befinden sich Daumenabdrücke. Ich habe solche Abdrücke schon öfter bei Frauen gesehen, die erwürgt worden sind.«

»Nein«, flüsterte sie. »Ich schwöre es, ich habe sie nur gestoßen.«

Ich sah auf die feinen Hände, die sie auf ihrem Schoß verkrampfte. »Sie können solche Spuren nicht hinterlassen haben. Sie haben sie die Treppe hinuntergestoßen und bewußtlos für jemand anders liegen lassen. Dieser Jemand hat sie ohnmächtig aufgefunden und erwürgt. Lister?«

Sein Kopf sank herab wie der eines erschöpften Bullen. Er sah seine Frau nicht an.

»Stella Dolphine hat Ihnen Schwierigkeiten bereitet, und sie war in der Lage, Ihnen noch mehr davon zu machen. So beschlossen Sie, ein für allemal Schluß damit zu machen, indem Sie sie erwürgten. So war es doch – oder?«

»Die üble Angewohnheit, von allen Menschen immer nur das Schlechteste anzunehmen, immer Fragen stellen zu müssen, keinem zu glauben. Sie können sich auch nicht davon freimachen, Archer.«

»Das bringt mein Beruf eben so mit sich.«

»Gut«, sagte er, den Blick zum Fußboden gewandt. »Wenn ich es zugebe und alles auf mich nehme, lassen Sie Maude dann frei mit ihrem Bruder nach Chicago zurückgehen?«

Sie preßte ihr Gesicht an seine gebeugte Schulter und sagte: »Nein. Du hast es nicht getan, Leonard. Du versuchst nur, mich zu schützen.«

»Hast *du* es getan?«

Sie schüttelte langsam den Kopf, den sie an seinen Körper gelehnt hielt. Leonard drehte sich um und hielt sie fest. Ich sah an ihnen vorbei zum Fenster hinaus auf das dunkler werdende Meer. Beide waren leidlich anständige Leute, wie Leute so sind. Zukunft und Vergangenheit quälten sie, aber auf dem scharfen Grat des Augenblicks hielten sie zusammen. Und ich peinigte sie. Ich wälzte den ganzen Fall noch einmal in meinem Kopf herum – ein vielköpfiges Ungeheuer, das darum kämpfte, aus meinem Verstand geboren zu werden.

Harlan öffnete die Badezimmertür und kam schwankend heraus. Seine Nase blutete. Er sah mich voll Haß und die beiden Liebenden voll Trostlosigkeit an. Von ihnen unbemerkt, lehnte er am Türrahmen wie ein Mauerblümchen.

»Ich hätte niemals hierherkommen sollen«, sagte er bitter.

Ich wandte mich an die beiden anderen. »Jetzt ist es aber genug.«

Blind und taub waren sie allein auf dem scharfen Grat, Fleisch an Fleisch. Eine Tür knarrte. Ich glaubte, es sei Harlan, der die Badezimmertür schloß, und sah in die falsche

Richtung. Dolphine war im Zimmer, ehe ich ihn sah. Ein schwerer Dienstrevolver schwankte in seiner Hand. Er ging auf Lister und dessen Frau zu.

»Ihr habt sie umgebracht, ihr Teufel.«

Lister versuchte, vom Bett aufzustehen. Die Frau hielt ihn fest. Ihr Rücken war dem Revolver zugewandt.

Die Waffe sprach einmal, sehr laut. Das Echo rollte wie verzögerter Donner. Harlan war instinktiv vorgestürzt, vielleicht, um seine Schwester zu schützen. Er fing das Geschoß mit seinem Körper auf. Es brachte ihn wie eine Wand zum Stehen. Er fiel. Ich feuerte über ihn hinweg.

Dolphine ließ seinen Revolver fallen. Er spreizte die Hände über dem Magen und taumelte rückwärts zur Wand. Da setzte er sich hin. Er keuchte. Wasser rann ihm aus Augen und Nase. In seinem Gesicht arbeitete es in dem Bemühen, sich über seinen Kummer und seinen Mißerfolg klarzuwerden. Blut lief zwischen den Fingern hervor. Ich stand über ihm.

»Woher wissen Sie, daß die beiden Ihre Frau getötet haben?«

»Ich habe sie gesehen. Ich habe alles gesehen.«

»Sie waren doch im Bett.«

»Nein, ich war in der Garage. Sie haben sie die Treppe hinuntergeworfen, sind hinterhergekommen und haben sie erwürgt. Lister war's. Ich habe ihn gesehen.«

»Sie haben nicht die Polizei gerufen.«

»Nein. Ich ...« Sein Mund suchte nach Worten. »Ich bin ein kranker Mann. Ich war zu krank, um sie zu rufen. Durcheinander. Ich konnte nicht sprechen.«

»Sie sind jetzt noch viel kränker, aber Sie werden sprechen. Es war nicht Lister, nicht wahr? Sie waren es.«

Er würgte und begann Blut zu husten. Schluchzend und keuchend lösten sich rote Worte aus seinem Mund.

»Sie hat ihre verdiente Strafe erhalten. Ich dachte, sie würde in mein Bett zurückkommen, als ich ihr gesagt habe, daß er die andere geheiratet hat. Aber mich wollte sie nicht sehen. Sie hatte nur das eine im Kopf, wie sie ihn zurückerobern konnte. Und ich war doch derjenige, der sie geliebt hat.«

»Das kann ich verstehen.«

»Wirklich. Ich habe sie geliebt.«

Er hob seine rotgeäderten Hände vor die Augen und fing an zu schreien. Er rollte zur Wand, schreiend. Er starb noch an diesem Abend.

Harlan war schon tot. Er hätte nie hierherkommen sollen.

Blondine mit schlechtem Gewissen

Vor dem Tor am Rande der Rollbahn wartete ein Mann auf mich. Er entsprach nicht dem Bild, das ich mir von ihm gemacht hatte. Er hatte eine fleckige braune Windjacke an und ausgebeulte Hosen, dazu trug er einen Hut, zerknautscht und zweifelhaft wie sein Gesicht. Nach den grauen Haaren und den Falten um die Augen zu urteilen, mußte er etwa vierzig Jahre alt sein. Er hatte dunkle und unstete Augen, die hin und her gingen, als ob sie vermeiden wollten, die häßliche Seite des Lebens zur Kenntnis zu nehmen. Dabei sah er aus, als ob er oft genug mit ihr in Berührung gekommen war.

»Mr. Archer?«

Ich bejahte und reichte ihm die Hand. Er wußte nicht, was er damit anfangen sollte. Er betrachtete sie argwöhnisch, als ob ich versuchen könnte, einen Judogriff anzuwenden. Dabei behielt er die ganze Zeit die Hände in den Taschen seiner Windjacke.

»Ich bin Harry Nemo.« Seine Stimme klang mürrisch und quengelig. Es kostete ihn Mühe, seinen Namen zu nennen. »Mein Bruder hat mich beauftragt, Sie abzuholen. Sind Sie fertig?«

»Sobald ich mein Gepäck habe.«

Ich nahm die Reisetasche am Schalter des leeren Warteraums in Empfang. Für ihre Größe war die Tasche sehr schwer. Sie enthielt neben Zahnbürste und etwas Wäsche zwei Schießeisen und Munition. Eine .38er Spezial für schnelle Arbeit und eine .32er Automatic als Ersatz.

Harry Nemo ging voran zu seinem Auto. Es war eine neue siebensitzige Sonderausführung, lang und schwarz wie der Tod. Die Windschutzscheibe und die Seitenfenster waren sehr dick. Sie hatten den gelblichen Ton von kugelsicherem Glas.

»Erwarten Sie, daß man auf Sie schießt?«

»Ich nicht.« Er lächelte düster. »Dies ist Nicks Wagen.«

»Warum ist Nick nicht selbst gekommen?«

Er sah sich auf dem verlassenen Flugplatz um. Die Maschine, mit der ich gekommen war, war nur noch ein aufblitzendes Fleckchen am Himmel über der roten Sonne. Der einzige Mensch in Sichtweite war der Mann im Kontrollturm. Aber Nemo beugte sich zu mir herüber und sagte flüsternd:

»Nick hat Todesängste. Er traut sich nicht aus dem Haus. Seit heute morgen.«

»Was ist denn heute morgen passiert?«

»Hat er es Ihnen nicht erzählt? Sie haben doch mit ihm telefoniert.«

»Viel hat er nicht gesagt. Nur, daß er eine Leibwache für sechs Tage braucht, bis zur Abfahrt seines Schiffs. Warum, hat er nicht erwähnt.«

»Das kann ich Ihnen sagen: weil sie hinter ihm her sind, darum. Heute morgen ging er zum Strand, seinem Privatstrand hinter der Ranch. Er war allein unten und nahm sein tägliches Morgenbad. Da wurde auf ihn geschossen, von oben, vom Steilufer aus. Fünf oder sechs Schüsse. Er war im Wasser und hatte natürlich keine Pistole zur Hand. Die Kugeln sollen um ihn herum aufgespritzt sein wie Hagelkörner. Er tauchte und schwamm unter Wasser weiter hinaus. Gott sei Dank ist er ein guter Schwimmer, sonst wäre er nicht lebend davongekommen. Kein Wunder, daß er jetzt Angst hat. Das bedeutet, daß sie ihn aufgespürt haben, wissen Sie.«

»Wer sind diese *sie*, oder ist das ein Familiengeheimnis?«

Nemo wandte sich mir zu und sah mir ins Gesicht. Sein Atem roch sauer, sein Blick war ungläubig. »Herrgott, wissen Sie denn nicht, wer Nick ist? Hat er es Ihnen nicht erzählt?«

»Er ist Zitronen-Pflanzer, nicht wahr?«

»Das ist er jetzt.«

»Was war er vorher?«

Das hart mitgenommene Gesicht verschloß sich. »Ich sollte meinen Mund halten. Soll er es Ihnen selbst erzählen, wenn er Lust hat.«

Zweihundert Pferdestärken rissen uns vom Straßenrand fort. Ich hatte die schwere Ledertasche auf den Knien. Nemo fuhr, als ob das Fahren das einzige in seinem Leben war, was ihm Spaß machte; er war versunken in stille Gemeinsamkeit mit dem Motor. Er fegte uns über die Landstraße, dann sanft bergab und zwischen geometrisch angelegten Zitronenhainen hindurch. Das Meer am Fuße des Abhangs schimmerte rot im Sonnenuntergang.

Ehe wir da unten ankamen, bogen wir von der Asphaltstraße ab in einen Privatweg. Zwischen den dunkelgrünen Bäumen verlief er gerade wie ein Haarscheitel eine halbe Meile oder so, bis zu einem niedrigen Haus in einer Lichtung.

Das Haus mit seinem flachen Dach bestand aus Beton und Feldsteinen. Seitlich war eine Garage angebaut. Sämtliche Fenster waren durch schwere Vorhänge verdunkelt. Es lag mitten in einer gepflegten Rasenfläche, die wiederum von einem zehn Fuß hohen, mit Stacheldraht bewehrten Zaun umgeben war.

Nemo brachte den Wagen vor dem durch ein Vorhängeschloß gesicherten Tor zum Stehen und hupte. Niemand antwortete. Er hupte noch einmal.

Ungefähr auf halbem Wege zwischen Haus und Tor kam etwas zwischen den Büschen hervorgekrochen. Es war ein Mann, der sich sehr langsam auf Händen und Knien vorwärts bewegte. Sein Kopf hing fast bis zum Boden. Eine Seite des Kopfes war hellrot, als ob er in Farbe gefallen sei. Er hinterließ eine gewundene rote Spur auf dem Kies der Zufahrt.

Harry Nemo rief: »Nick!« Er stieg hastig aus dem Wagen. »Was ist passiert, Nick?«

Der kriechende Mann hob seinen schweren Kopf und sah

uns an. Schwerfällig kam er auf die Füße. Breitbeinig und schwankend bewegte er sich auf uns zu wie ein großes Kind, das laufen lernt. Er atmete laut und gräßlich und sah uns mit schrecklicher Hoffnungslosigkeit an. Dann, mitten in dem nächsten Schritt, starb er. Ich sah die Veränderung in seinem Gesicht, ehe er auf dem Kies aufschlug.

Harry Nemo kletterte wie ein müder Affe über den Zaun und zerriß sich dabei die Hose am Stacheldraht. Er kniete neben seinem Bruder nieder, drehte ihn um und tastete nach seinem Herzschlag. Er stand auf und schüttelte den Kopf.

Ich hatte den Reißverschluß der Tasche geöffnet und die Hand am Revolver. Ich trat vor das Tor. »Öffnen Sie, Harry.«

Harry wiederholte mehrmals: »Sie haben ihn gekriegt.« Dabei bekreuzigte er sich. »Die dreckigen Hunde.«

»Öffnen Sie«, sagte ich. Er fand ein Schlüsselbund in der Tasche des Toten und machte das Vorhängeschloß auf. Unsere schleppenden Schritte knirschten auf dem Kies. Ich sah hinunter auf die Kieskörnchen in Nicky Nemos Augen und auf das Einschußloch in der Schläfe.

»Wer hat ihn gekriegt, Harry?«

»Weiß nicht. Fats Jordan oder Artie Castola oder Faronese. Einer von denen muß es gewesen sein.«

»Die Purpurbande.«

»Ja. Nicky war ihr Schatzmeister in den dreißiger Jahren. Er war der einzige, dessen Name nicht in die Zeitungen kam. Er verwaltete das Geld, wissen Sie. Als es heiß wurde und die Bande aufflog, hatte er das Geld in einem Bankschließfach. Er war der einzige, der davongekommen ist.«

»Wieviel Geld?«

»Das hat er mir nie erzählt. Ich weiß nur, daß er vor dem Krieg hierherkam und über 250 Hektar für den Zitronenanbau kaufte. Sie haben fünfzehn Jahre gebraucht, um ihn zu finden. Er hat jedoch immer gewußt, daß sie kommen würden. Er wußte es.«

»Artie Castola ist im vergangenen Frühling aus dem Zuchthaus entlassen worden.«

»Wem sagen Sie das. Damals hat sich Nicky den kugelsicheren Wagen gekauft und den Zaun errichtet.«

»Sind sie auch hinter Ihnen her?«

Er schaute sich in dem dunkler werdenden Zitronenhain um und sah dann zum Himmel hinauf. Der Himmel hatte rote Streifen, als ob die Sonne eines gewaltsamen Todes gestorben wäre.

»Weiß nicht«, antwortete er nervös. »Einen Grund haben sie nicht. Ich bin unschuldig wie ein Lamm. Ich habe niemals irgendwelchen Banden angehört, jedenfalls nicht seit meiner Jugend. Meine Frau hat dafür gesorgt, daß ich auf den geraden Weg zurückfand, wissen Sie.«

Ich sagte: »Es ist besser, wir gehen ins Haus und rufen die Polizei.«

Die Haustür stand eine Handbreit offen. Ich konnte sehen, daß sie mit einer starken Stahlplatte gepanzert war. Harry sprach das aus, was ich mich auch schon gefragt hatte.

»Warum, zum Teufel, ist er bloß rausgegangen. Im Haus war er völlig sicher.«

»Wohnt er allein hier?«

»Mehr oder weniger allein.«

»Was heißt das?«

Er tat, als ob er mich nicht gehört habe. Aber die Antwort erhielt ich auch ohne ihn. Durch den Türbogen, der ins Wohnzimmer führte, sah ich einen Leopardenmantel auf der Rückenlehne des Sofas liegen. In den Aschenbechern lagen lippenstiftverschmierte Zigarettenkippen neben einigen Zigarrenstummeln.

»Nicky war verheiratet?«

»Nicht direkt.«

»Kennen Sie die Frau?«

»Nee.« Aber er log.

Irgendwo außerhalb der dicken Hauswände hörte ich Federn ächzen, einen krachenden Stoß, das stotternde Röhren eines kalten Motors und dann das Knirschen von Reifen auf Kies. Ich erreichte die Tür noch rechtzeitig, um ein kirschrotes Cabriolet die Zufahrt hinunterrasen zu sehen. Das Verdeck war heruntergeklappt. Ein strohblondes Mädchen saß klein und gespannt hinter dem Steuer. Sie kurvte um Nicks Leiche und kam irgendwie mit kreischenden Reifen durch das Tor. Ich zielte auf das rechte Hinterrad und schoß vorbei. Harry tauchte hinter mir auf. Er riß meinen Arm herunter, bevor ich den zweiten Schuß abfeuern konnte. Das Cabriolet verschwand in Richtung Landstraße.

»Lassen Sie sie fahren«, sagte er.

»Wer ist sie?«

Er dachte nach. Sein langsames Gehirn rastete fast hörbar ein. »Weiß nicht. Ein kleines Flittchen, das Nicky irgendwo aufgelesen hat. Sie heißt Flossie oder Florrie oder so. Sie hat ihn nicht erschossen, wenn Sie das annehmen.«

»Sie kennen sie ziemlich gut, nicht wahr?«

»Den Teufel werde ich tun. Ich gebe mich nicht mit Nickys Weibern ab.«

Er versuchte, sich in eine Wut zu steigern, die seine Worte glaubhaft erscheinen ließ. Aber er hatte nicht das Zeug dazu. Alles, was er zustande brachte, war Verdrießlichkeit. »Hören Sie, Mister, warum wollen Sie hier noch herumlungern? Der Mann, der Sie angeheuert hat, ist tot.«

»Erstens habe ich mein Geld noch nicht gekriegt.«

»Das erledige ich.«

Er trottete über den Rasen zu dem Toten und kam zurück mit einer Brieftasche aus Alligator. Sie war vollgestopft mit Geldscheinen.

»Wieviel?«

»Hundert genügt.«

Er gab mir einen Hundert-Dollar-Schein. »Wie wär's, wenn Sie jetzt abhauten, Kumpel, bevor die Polizei hier ist?«

»Und wie?«

»Nehmen Sie Nickys Wagen. Er braucht ihn nicht mehr. Sie können ihn am Flughafen parken und den Schlüssel im Büro lassen.«

»Das kann ich also, wie?«

»Na klar, ich sage Ihnen doch, daß Sie das können.«

»Sind Sie nicht ein bißchen freigebig mit dem Eigentum Ihres Bruders?«

»Jetzt gehört es mir, Kumpel.« Er verzog das Gesicht, ihm kam plötzlich eine Idee. »Wie wäre es übrigens, wenn Sie von meinem Grundstück verschwänden?«

»Ich bleibe hier, Harry. Mir gefällt es hier. Ich sage immer, erst Leute geben einem Haus sein Gesicht.«

Ich hatte den Revolver noch immer in der Hand. Er sah auf ihn herunter.

»Gehen Sie ans Telefon, Harry. Rufen Sie die Polizei.«

»Was glauben Sie eigentlich, wer Sie sind, mich so herumzukommandieren? Mir gibt jetzt keiner mehr Befehle, kapiert?« Er blickte über seine Schulter auf das dunkle, formlose Etwas auf dem Kies und spuckte giftig aus.

»Ich bin ein freier Mann. Ich arbeite für Nicky, nicht für Sie.«

Er änderte seinen Ton sehr plötzlich. »Was verlangen Sie, wenn Sie für mich arbeiten?«

»Das kommt auf die Arbeit an.«

Er blätterte in der Alligator-Brieftasche. »Hier sind noch hundert. Wenn Sie schon hierbleiben müssen, halten Sie's Maul über das Mädchen. Einverstanden?«

Ich antwortete nicht, nahm aber das Geld und steckte es gesondert in eine leere Tasche. Harry telefonierte mit dem Sheriff des County.

Er leerte die Aschenbecher, bevor die Leute des Sheriffs kamen und stopfte den Leopardenmantel in eine Holztruhe. Ich saß dabei und beobachtete ihn.

Die nächsten beiden Stunden verbrachten wir in Gegenwart der beiden großmäuligen Vertreter des Sheriffs. Sie ärgerten sich über den Toten, daß er eine Vergangenheit gehabt hatte, die Kugeln anzieht. Über Harry ärgerten sie sich, weil er der Bruder war. Insgeheim ärgerten sie sich über sich selbst, weil sie unerfahren und unfähig waren. Nicht einmal den Leopardenmantel hatten sie gefunden.

Harry Nemo verließ das Amtsgebäude zuerst. Ich wartete auf ihn und beschattete ihn bis nach Hause zu Fuß.

Wo eine schlanke Palme ihren zerfransten Kopf über der Straße erhob, lag ein Hof, der von klapprigen Holzhäuschen umgeben war. Harry bog auf den Hof ein und betrat das erste Häuschen. Licht fiel von innen auf sein Gesicht. Ich hörte, wie eine Frauenstimme etwas zu ihm sagte. Dann wurde Licht und Geräusch durch die sich schließende Tür abgeschnitten.

Auf der gegenüberliegenden Straßenseite stand ein altes Giebelhaus mit bretterverschlagenen Fenstern. Ich überquerte die Straße und beobachtete im Schatten einer Veranda Nemos Haus. Nachdem ich drei Zigaretten geraucht hatte, kam eine große Frau in dunklem Hut und hellem Mantel aus dem Häuschen, ging mit schnellen Schritten um die Ecke und verschwand aus meinem Gesichtskreis. Zwei weitere Zigarettenlängen später erschien sie wieder an der Ecke auf meiner Seite der Straße, immer noch schnellen Schritts. Ich bemerkte, daß sie eine große Strohtasche unter ihrem Arm trug. Ihr Gesicht war lang und starr im Licht der Laternen.

Sie verließ die Straße und marschierte über den Schotterweg auf die Veranda zu, wo ich im Schatten an der Mauer lehnte. Die Stufen ächzten unter ihren entschlossenen Schritten. Ich umklammerte die Waffe in meiner Tasche und wartete. Mit der steifen Sicherheit eines weiblichen Korporals, der an der Spitze seiner Abteilung marschiert, kam sie über die Veranda auf mich zu, eine dünne, hochschultrige Silhouette im Licht von der Ecke. Sie hatte die Hand in der Strohtasche, und das Ende der Tasche war auf meinen Magen gerichtet. In ihrem überschatteten Gesicht glühten die Augen und blitzten die Zähne.

»An Ihrer Stelle würde ich es nicht versuchen«, sagte sie. »Ich habe hier eine entsicherte Kanone, und ich weiß damit umzugehen, Mister.«

»Ich gratuliere.«

»Ich spaße nicht.« Ihre tiefe Altstimme wurde ein wenig höher. »Im Schnellfeuern war ich besonders gut. Nehmen Sie also besser Ihre Hände aus den Taschen.«

Ich zeigte ihr meine leeren Hände. Sie bewegte sich sehr schnell, erleichterte meine Tasche von dem Gewicht des Revolvers und durchsuchte mich nach weiteren Waffen.

»Wer sind Sie, Mister?« sagte sie, als sie einen Schritt zurücktrat. »Arturo Castola können Sie nicht sein, dafür sind Sie nicht alt genug.«

»Sind Sie Polizistin?«

»Ich stelle hier die Fragen. Was tun Sie hier?«

»Ich warte auf einen Freund.«

»Sie lügen. Sie haben mein Haus eineinhalb Stunden lang beobachtet. Ich habe Sie durch das Fenster gesehen.«

»Dann sind Sie also losgezogen und haben sich eine Kanone gekauft?«

»Ja. Sie sind Harry nach Hause gefolgt. Ich möchte wissen, warum. Ich bin Frau Nemo.«

»Harry ist der Freund, auf den ich warte.«

»Sie lügen schon wieder. Harry hat Angst vor Ihnen. Sie sind nicht sein Freund.«

»Das liegt allein an Harry. Ich bin Detektiv.«

Sie schnaubte. »Mag sein. Wo ist Ihre Erkennungsmarke?«

»Ich bin Privatdetektiv«, sagte ich. »Mein Ausweis steckt in der Brieftasche.«

»Zeigen Sie her. Und kommen Sie mir nicht mit irgendwelchen Tricks.«

Ich zeigte ihr meinen Ausweis. Sie hielt ihn hoch in den Schein der Laterne und gab ihn mir zurück. »Sie sind also Detektiv. Dann sollten Sie mal etwas für Ihre Technik im Beschatten tun. Sie ist zu durchsichtig.«

»Ich ahnte ja nicht, daß ich es mit einer Polizistin zu tun hatte.«

»Ich war mal Polizistin. Jetzt nicht mehr.«

»Dann geben Sie mir meine .38er zurück. Sie hat mich siebzig Dollar gekostet.«

»Erzählen Sie mir erst einmal, welches Interesse Sie an meinem Mann haben. Wer hat Sie angeheuert?«

»Nick, Ihr Schwager. Er hat mich heute in Los Angeles angerufen und gesagt, er brauche eine Leibwache für eine Woche. Hat Harry Ihnen das nicht erzählt?«

Sie antwortete nicht.

»Als ich zu Nick kam, brauchte er weder eine Leibwache noch sonst irgend etwas. Aber ich dachte mir, ich bleibe da und sehe, was ich über seinen Tod herausfinden kann. Schließlich war er mein Klient.«

»Sie sollten Ihre Klienten sorgfältiger aussuchen.«

»Wie wäre es, wenn Sie das auch mit Schwägern machten?«

Sie schüttelte steif den Kopf. Das Haar, das unter ihrem Hut hervorkam, war fast weiß. »Ich bin weder für Nick verantwortlich noch für die Leute in seiner Umgebung. Meine Verantwortung liegt bei Harry. Ich habe ihn von Amts wegen kennengelernt und ihn auf den rechten Weg gebracht, verstehen Sie? Ich habe ihn von Detroit und von der schlechten Gesellschaft, in die er geraten war, losgeeist und hierhergebracht. Von seinem Bruder konnte ich ihn nicht ganz fernhalten. Aber er ist nicht in Schwierigkeiten gewesen, seit wir geheiratet haben. Nicht ein einziges Mal.«

»Bis jetzt.«

»Harry ist auch jetzt nicht in Schwierigkeiten.«

»Noch nicht. Offiziell nicht.«

»Was meinen Sie damit?«

»Geben Sie mir meine Kanone und nehmen Sie Ihre runter. Ich kann nicht gegen Eisen anreden.«

Sie zögerte, eine grimmige und besorgte Frau, die unter Druck steht. Ich fragte mich, welche Laune des Schicksals sie einen Strolch hatte heiraten lassen, und kam zu dem Ergebnis, daß es Liebe gewesen sein mußte. Nur Liebe konnte eine Frau dazu bewegen, eine dunkle Straße zu überqueren und sich einem unbekannten Revolverhelden entgegenzustellen. Mrs. Nemo hatte ein Pferdegesicht, sie war ältlich und nicht hübsch, aber sie hatte Mut.

Sie gab mir meine Waffe zurück. Ihr Kolben wirkte beruhigend auf meine Handfläche. Ich steckte sie in meine Tasche. Eine Horde halbwüchsiger Negerjungen zog auf der Straße vorbei, sinnlos johlend und pfeifend.

Sie beugte sich zu mir, fast so groß wie ich. Ihr Worte klangen beschwörend. »Harry hat mit dem Tod seines Bruders nichts zu tun. Sie sind verrückt, wenn Sie das glauben.«

»Was macht Sie so sicher, Mrs. Nemo?«

»Harry brächte es gar nicht fertig. Ich kenne Harry, ich kann in ihm lesen wie in einem offenen Buch. Selbst wenn er den Mut hätte, was er nicht hat, würde er nicht einmal wagen, daran zu denken, seinen Bruder umzubringen. Nick war der Ältere, verstehen Sie, der Erfolgreiche in der Familie.« Ihre Stimme krächzte verächtlich. »Ich konnte nichts dagegen machen, Harry verehrte Nick bis zum Schluß.«

»Solche brüderlichen Gefühle gehen manchmal zweierlei Wege. Und Harry hatte eine Menge zu gewinnen.«

»Nicht einen Cent. Nichts.«

»Er ist Nicks Erbe, nicht wahr?«

»Nicht, solange er mit mir verheiratet ist. Ich würde nicht zulassen, daß er auch nur einen Cent von Nicks schmutzigem Geld berührt. Ist das klar?«

»Mir ist es klar, aber ist es auch Harry klar?«

»Ich habe es ihm viele Male auseinandergesetzt. Überhaupt ist es lächerlich. Harry würde seinem teuren Bruder nicht ein Härchen gekrümmt haben.«

»Vielleicht hat er es nicht persönlich gemacht; er könnte jemand beauftragt haben. Denn daß er jemand deckt, das liegt auf der Hand.«

»Wen?«

»Ein blondes Mädchen hat kurz nach unserer Ankunft das Haus verlassen. Sie entkam in einem kirschroten Cabriolet. Harry kennt sie.«

»In einem kirschroten Cabriolet?«

»Ja. Sagt Ihnen das was?«

»Nein. Nichts Besonderes. Sie muß eines von Nicks Mädchen gewesen sein. Er hatte immer Mädchen.«

»Warum würde Harry sie schützen?«

»Was meinen Sie damit, schützen?«

»Sie hat einen Leopardenmantel zurückgelassen. Harry hat ihn versteckt und mir Geld gegeben, damit ich der Polizei nichts davon sage.«

»Das hat Harry getan?«

»Es sei denn, daß ich an Halluzinationen leide.«

»Kann ja sein, daß Sie das tun. Wenn Sie glauben, daß Harry dem Mädchen Geld gegeben hat, damit sie Nick umbringt, oder er irgend etwas ...«

»Ich weiß. Sagen Sie es nicht. Ich bin verrückt.«

Mrs. Nemo legte ihre dünne Hand auf meinen Arm. »Lassen Sie Harry in Ruhe. Bitte. Ich habe es schwer genug gehabt, ihn so hinzukriegen, wie er jetzt ist. Er ist schlimmer als mein erster Mann. Der erste war ein Trinker, Sie können es glauben oder nicht.« Sie sah hinüber zu dem erleuchteten Häuschen auf der anderen Straßenseite. Und ich sah die eine Hälfte ihres bitteren Lächelns. »Ich frage mich nur, warum ich im Leben immer ausgerechnet auf solche lahmen Enten hereinfallen muß ...«

»Die Frage kann ich Ihnen auch nicht beantworten, Mrs. Nemo. Also gut, ich werde Harry in Ruhe lassen.«

Aber ich hatte nicht die Absicht, Harry in Ruhe zu lassen. Als sie zu ihrem Haus zurückgegangen war, ging ich dreiviertel um den Block und suchte mir einen neuen Platz in der Tür einer chemischen Reinigung. Diesmal rauchte ich nicht. Ich bewegte mich nicht einmal, außer, daß ich von Zeit zu Zeit auf meine Uhr sah.

Gegen elf wurden hinter den Rollos in Nemos Häuschen die Lichter ausgeknipst. Kurz vor Mitternacht ging die Haustür auf, und Harry glitt hinaus. Er blickte die Straße rauf und runter und trabte los. Er kam in etwa zwei Schritt Entfernung an meinem dunklen Türeingang vorbei und hastete verstohlen schlurfend weiter.

Vorsichtig, damit er nicht merkte, daß er beschattet wurde, folgte ich ihm bis in die Stadt hinein. Er verschwand im beleuchteten Eingang einer auch nachts geöffneten Garage. Wenige Minuten später kam er wieder heraus, am Steuer eines alten Chevrolets.

Auch mein Geld überzeugte den Wärter. Ich nahm einen alten Buick, der immer noch seine 75 Meilen hergeben würde. Den Beweis dafür trat ich an, als ich auf der Landstraße war. Ich kam gerade noch rechtzeitig an der Abfahrt zu Nick Nemos Privatweg an, um zu sehen, wie Harrys Rücklichter sich dem dunklen Ranch-Haus näherten.

Ich schaltete meine Scheinwerfer aus und parkte, nachdem ich gewendet hatte, am Straßenrand hundert Schritt hinter der Einfahrt. Nach wenigen Minuten kam der Chevrolet wieder zurück. Harry saß noch immer allein drin. Ich folgte ihm mit ausgeschalteten Lampen bis zur Landstraße. Erst dann wagte ich, wieder mit Licht zu fahren. Es ging die Landstraße hinunter bis zum Stadtrand.

Im Zentrum des Motel- und Drive-in-Bezirks bog er in eine Seitenstraße ein und fuhr unter Neon-Röhren durch, die besagten, daß hier ein Parkplatz für Wohnwagen-Anhänger sei. Die Wohnwagen standen am Ufer eines trockenen Baches. Der Chevrolet hielt vor einem, durch dessen Fenster noch Licht schien. Harry stieg aus mit einem gefleckten Bündel unter dem Arm. Er klopfte an die Tür des Wohnwagens.

Ich wendete an der nächsten Ecke und wartete wieder. Der Chevrolet fuhr unter dem Neon-Zeichen durch in Richtung Landstraße. Ich ließ ihn fahren.

Ich stieg aus und ging am Bachufer entlang zu dem Wohnwagen, in dem noch Licht brannte. Die Fenster waren verhängt. Das kirschrote Cabriolet parkte auf der Rückseite. Ich klopfte an die Aluminiumtür.

»Harry?« fragte eine Mädchenstimme. »Bist du es, Harry?«

Ich murmelte etwas Unverständliches. Die Tür öffnete sich, und das strohblonde Mädchen stand vor mir. Sie war sehr jung, aber ihre runden blauen Augen waren schwer und krank von Katzenjammer oder von Reue. Sie hatte nur ein Nylon-Unterkleid an, sonst nichts.

»Was soll das?«

Sie versuchte die Tür zu schließen. Ich stellte den Fuß dazwischen.

»Gehen Sie weg. Lassen Sie mich in Ruhe. Ich werde schreien.«

»Gut, schreien Sie.«

Sie öffnete den Mund. Kein Ton kam heraus. Sie machte den Mund wieder zu. Er war klein, sinnlich, herausfordernd. »Wer sind Sie? Polizei?«

»Beinahe. Lassen Sie mich rein.«

»Na, dann kommen Sie doch, verdammt noch mal. Ich habe nichts zu verbergen.«

»Das sehe ich.«

Ich schob mich an ihr vorbei. Ihr Atem roch nach Martinis. Der kleine Raum war ein Durcheinander von weiblichen Kleidungsstücken aus Seide und Kaschmir-Wolle, aus Tweed und durchsichtigen Nylons. Einiges lag auf dem Boden, anderes war zum Trocknen aufgehängt. Der Leopardenmantel lag auf dem Feldbett, aus unzähligen dreisten Augen glotzend. Sie hob ihn auf und hängte ihn über ihre Schultern. Nervös begannen ihre Hände winzige Holzspäne aus dem Pelz zu klauben. Ich sagte:

»Harry hat Ihnen einen Gefallen getan, nicht wahr?«

»Vielleicht.«

»Haben Sie Harry auch einen Gefallen getan?«

»Und was für einer sollte das sein?«

»Zum Beispiel, seinen Bruder umzubringen?«

»Da sind Sie auf dem Holzweg, Mister. Ich mochte Onkel Nick sehr gern.«

»Warum sind Sie dann weggelaufen, als er tot war?«

»Ich hatte Angst«, sagte sie. »Das hätte wohl jede gehabt. Ich schlief, als es ihn erwischte. Völlig betrunken, wenn Sie's genau wissen wollen. Ich wachte von dem Knall des Schusses auf, aber es dauerte eine ganze Weile, bis ich zu mir kam und soweit nüchtern war, daß ich mir etwas anziehen konnte. Als ich bis zum Schlafzimmerfenster gekommen war, kam Harry mit irgend so einem Kerl.« Sie sah mir ins Gesicht. »Waren Sie das?«

Ich nickte.

»Aha. Aber in dem Moment hielt ich Sie für einen Polizeibeamten. Ich sah Nick auf der Zufahrt liegen, alles voller Blut. Und da bekam ich es mit der Angst. Ich hätte Unannehmlichkeiten kriegen können. Böse Unannehmlichkeiten, es sei denn, daß ich mich verdrückte. Also habe ich mich verdrückt. Es war nicht nett von mir, nach allem, was Nick für mich getan hat, aber es war das einzig Vernünftige. Ich mußte an meine Karriere denken.«

»Was ist das für eine Karriere?«

»Als Mannequin und Schauspielerin. Onkel Nick wollte mich auf eine Schule schicken.«

»Wenn Sie den Mund nicht aufmachen, werden Sie Ihre Ausbildung im Gefängnis beenden. Wer hat Nick erschossen?«

Eine Spur von Angst kam in ihre Stimme. »Ich weiß nicht. Ich sage es Ihnen doch. Ich lag völlig betrunken im Schlafzimmer. Ich habe nichts gesehen.«

»Warum hat Harry Ihnen den Mantel gebracht?«

»Er wollte nicht, daß ich in den Fall verwickelt werde. Schließlich ist er mein Vater.«

»Harry Nemo ist Ihr Vater?«

»Ja.«

»Da müssen Sie sich schon etwas Besseres einfallen lassen. Wie heißen Sie?«

»Jeannine. Jeannine Larue.«

»Warum heißen Sie nicht Nemo, wenn Harry Ihr Vater ist? Warum nennen Sie ihn Harry?«

»Er ist mein Stiefvater, meinte ich.«

»Natürlich«, sagte ich. »Und Nick war wirklich Ihr Onkel, und Sie haben ihm nur einen verwandtschaftlichen Besuch abgestattet.«

»Er ist nicht blutsverwandt mit mir. Aber ich habe ihn immer Onkel genannt.«

»Wenn Harry Ihr Vater ist, warum wohnen Sie dann nicht bei ihm?«

»Das habe ich ja auch früher, ehrlich. Ich erzähle Ihnen die Wahrheit. Wegen seiner Alten mußte ich raus. Sie kann mich nicht ausstehen. Sie ist eine ekelhaft spießige Person, die einem Mädchen nicht mal 'n bißchen Spaß gönnt. Bloß, weil mein Vater ein Säufer war ...«

»Was verstehen Sie so unter Spaß, Jeannine?«

Sie schüttelte ihr kurzgeschnittenes Haar. Es strömte ein schweres Parfum aus, das wert war, in Blut aufgewogen zu werden. Sie ließ eine perlenweiße Schulter sehen und lächelte wie eine Hure. »Was verstehen Sie denn darunter? Vielleicht ist es ja das gleiche, und wir können uns zusammentun.«

»Sie meinen so, wie Sie mit Nick zusammen waren?«

»Sie sind hübscher als er.«

»Ich bin auch schlauer als er, hoffe ich. Ist Harry wirklich Ihr Stiefvater?«

»Fragen Sie ihn, wenn Sie mir nicht glauben. Fragen Sie ihn. Er wohnt in der Tule Street – die Nummer weiß ich nicht.«

»Ich weiß, wo er wohnt.«

Aber Harry war nicht zu Hause. Ich klopfte an die Tür des Holzhäuschens und bekam keine Antwort. Ich drehte am Türknauf und merkte, daß die Tür unverschlossen war. Dahinter brannte Licht. Die anderen Häuschen in dem Hof waren dunkel. Es war schon weit nach Mitternacht und die Straße verlassen. Ich ging in das Häuschen, meine Kanone vor mir. Eine Birne an der Decke ließ gleißendes Licht auf die wenigen abgenutzten Möbel und auf den von der Zeit zernagten Teppich fallen. Neben dem Wohnzimmer hatte das Haus ein Schlafkämmerchen und eine Kochnische mit Schränkchen. Alles in dieser armseligen Wohnung war rührend sauber. An den Wänden hingen Moralsprüche und ein Bild; das Foto eines strohblonden Mädchens in einem Kleid für eine Teenager-Party. Es war Jeannine, bevor sie wußte, daß sie sich mit einem hübschen Gesicht und einem geschmeidigen Körper Dinge erkaufen konnte, die sie haben wollte, Dinge, von denen sie zumindest glaubte, sie wollte sie haben.

Aus irgendeinem Grunde wurde mir übel. Ich ging nach draußen. Irgendwo, außerhalb meiner Sichtweite, schnurrte ein alter Automotor. Das Schnurren wurde lauter in der Nacht. Harry Nemos gemieteter Wagen bog unter der Straßenlaterne um die Ecke. Die Vorderräder gingen hin und her. Ein Rad fuhr auf den Bordstein vor dem Häuschen. Der Chevrolet kam in einem ganz betrunkenen Winkel zum Stehen.

Ich ging über den Fußweg und öffnete die Wagentür. Harry saß am Steuer. Er umklammerte es, als ob er es brauchte, um sich aufrechtzuhalten. Seine Brust war blutig. An seinem Mund war Blut. Schwerfällig sagte er:

»Sie hat mich erwischt.«

»Wer hat Sie erwischt, Harry? Jeannine?«

»Nein. Sie nicht. Sie war nur der Grund dafür. Es mußte ja so kommen.«

Das waren seine letzten Worte. Ich fing ihn auf, als er seitlich aus dem Wagen kippte. Ich legte ihn auf den Fußweg und ließ ihn dort für den nächsten Polizisten liegen, damit er ihn auf seinem Rundgang finde.

Ich fuhr durch die Stadt zum Wohnwagen-Parkplatz. In Jeannines Wagen brannte immer noch Licht, das durch die Vorhänge an den Fenstern gefiltert wurde. Ich stieß die Tür auf.

Das Mädchen packte auf dem Feldbett einen Koffer. Sie sah mich über die Schulter an und erstarrte. Ihr blonder Kopf legte sich schief wie der eines verängstigten Vogels, durch meine Kanone hypnotisiert.

»Wohin die Reise, Mädchen?«

»Weg aus der Stadt. Ich hau ab.«

»Vorher müssen Sie aber noch einiges erzählen.«

Sie richtete sich auf. »Ich habe Ihnen alles gesagt, was ich weiß. Sie haben mir nicht geglaubt. Was ist los, haben Sie Harry nicht getroffen?«

»Ich habe ihn gesehen. Harry ist tot. Ihre ganze Familie scheint im Aussterben begriffen.«

Sie wandte sich halb um und setzte sich schlapp auf das unordentliche Bett. »Tot? Sie glauben, ich hätte es getan?«

»Ich glaube, Sie wissen, wer es getan hat. Harry sagte, bevor er starb, Sie seien der Grund für alles.«

»Ich der Grund?« Ihre Augen weiteten sich in gespielter Unschuld. Aber hinter der Stirn überlegte sie schnell und verzweifelt. »Sie meinen, daß Harry meinetwegen ermordet worden ist?«

»Sowohl Harry als auch Nick. Eine Frau hat beide erschossen.«

»O Gott«, sagte sie. Der verzweifelte Gedanke hinter ihrer Stirn kristallisierte sich zu Wissen. Ich teilte es.

Die schmerzhafte Stille wurde von einem Diesel unterbrochen, der auf der Landstraße vorbeirollte. Ihre Stimme übertönte das Geräusch:

»Die verrückte alte Nudel. *Sie* hat also Nick umgebracht.«

»Sie sprechen von Ihrer Mutter, von Mrs. Nemo?«

»Ja.«

»Haben Sie gesehen, wie sie ihn erschossen hat?«

»Nein, ich war sinnlos betrunken, wie ich schon gesagt habe. Aber ich habe sie diese Woche dort draußen gesehen. Ständig hat sie das Haus beobachtet. Mich hat sie nicht aus den Augen gelassen.«

»Wollten Sie deshalb die Stadt verlassen? Weil Sie wußten, daß sie Nick umgebracht hat?«

»Vielleicht ja. Ich weiß nicht. Ich hab den Gedanken einfach von mir geschoben.«

Ihre blauen Augen wanderten von meinem Gesicht zu irgend etwas hinter mir. Ich drehte mich um. Mrs. Nemo stand in der Tür. Sie preßte die Strohtasche an ihre magere Brust.

Ihre rechte Hand tauchte in die Tasche. Ich schoß ihr in den rechten Arm. Sie lehnte sich gegen den Türrahmen und hielt ihren schlotternden Arm mit der linken Hand. Ihr Gesicht war wie Granit, in dessen Ritzen ihre Augen wie gefangene Lebewesen erschienen.

Die Kanone, die sie fallen ließ, war ein billiger .32er Revolver, sein Nickelbeschlag abgenutzt und zerfressen. Ich drehte die Trommel. Ein Schuß war abgefeuert worden.

»Das war also der für Harry«, sagte ich. »Mit dieser Waffe haben Sie Nick nicht erschossen, nicht auf diese Entfernung.«

»Nein.« Sie sah auf ihre blutende Hand herunter. »Für Nick Nemo habe ich meine alte Polizeiwaffe benutzt. Nachdem ich ihn getötet hatte, warf ich sie ins Meer. Ich wußte nicht, daß ich noch weitere Verwendung dafür haben würde. Dieses kleine Spielzeugding habe ich heute abend gekauft.«

»Für Harry?«

»Nein, für Sie. Ich dachte, Sie seien mir auf der Spur. Ich habe es so lange geglaubt, bis Sie mir sagten, daß Harry über Nick und Jeannine Bescheid wußte.«

»Jeannine ist Ihre Tochter aus erster Ehe?«

»Meine einzige Tochter.« Zu dem Mädchen sagte sie: »Ich habe es für dich getan, Jeannine. Ich habe schon zu viel gesehen – zu viele schreckliche Dinge, die passieren können.«

Das Mädchen antwortete nicht. Ich sagte:

»Ich kann verstehen, warum Sie Nick erschossen haben. Aber mußte auch Harry sterben?«

»Nick hat ihn bezahlt«, sagte sie. »Nick hat ihn für Jeannine bezahlt. Ich habe Harry vor einer Stunde in einer Bar gefunden, und er hat es zugegeben. Ich hoffe, daß ich ihn getötet habe.«

»Sie haben ihn getötet, Mrs. Nemo. Warum sind Sie hierhergekommen? War Jeannine die dritte auf Ihrer Liste?«

»Nein, nein. Sie ist mein eigen Fleisch und Blut. Ich kam

her, um ihr zu sagen, was ich für sie getan habe. Ich wollte, daß sie Bescheid weiß.«

Sie sah zu dem Mädchen auf dem Bett. In ihren Augen stand Schmerz und Liebe. Das Mädchen sagte mit erstickter Stimme:

»Mutter, du bist verletzt. Es tut mir leid.«

»Gehen wir, Mrs. Nemo«, sagte ich.

Der Drahtzieher

Das Flugzeug drehte in Richtung Küste bei und verlor an Höhe. Die Berge lösten sich von der blauen Ferne. Dann tauchte die Stadt zwischen Meer und Bergen auf, eine kleine Stadt aus Zuckerwürfeln. Die Würfel wurden größer. Autos krochen zwischen den Gebäuden wie bunte Käfer herum, und Streichholzmännchen bewegten sich auf den hellen Fußwegen. Wenige Minuten später drängte ich ebenfalls mit der Menge vorwärts.

Die Frau, die mich angerufen hatte, erwartete mich wie versprochen am Flugplatz. Sie stieg aus ihrem Cadillac, als ich am Eingang zum Warteraum erschien, und machte ein paar zögernde Schritte auf mich zu. Obwohl sie groß und blond war, sah sie mit ihrer dunklen Harlekin-Sonnenbrille irgendwie orientalisch aus.

»Mr. Archer?«

Ich nickte und wartete darauf, daß sie sich vorstellte; am Telefon hatte sie mir ihren Namen nicht genannt. Sie hatte mich nur gedrängt, das erste Flugzeug in Richtung Norden zu nehmen, und zugesagt, mir meine Zeit zu vergüten.

Sie hatte selber das Gefühl, daß sie sich eigentlich vorstellen sollte. »Entschuldigen Sie, wenn ich meinen Namen nicht nenne. Ich kann es mir aber nicht leisten. Es ist für mich schon riskant genug, überhaupt hierherzukommen.«

Ich musterte sie gründlich und überlegte kurz, ob das mal wieder eine Jagd nach einem Phantom werden würde. Sie trug ein elegantes Kostüm aus Haifischleder, aber Haar und Gesicht sahen aus, als ob sie in einen Sturm geraten sei. Als sie die Brille abnahm, um die Gläser zu putzen, erkannte ich an der Trübung ihrer blaugrünen Augen, daß der Sturm in ihrem Inneren tobte.

»Sie scheinen Probleme zu haben?« stellte ich fest.

Sie schien meine Frage nicht gehört zu haben, kein Wunder bei dem Lärm, der hier auf dem Flugplatz herrschte. Sie ging mir zu ihrem Wagen voraus. Auf dem Vordersitz des Cadillacs saß ein kleines Mädchen mit dem Teint einer Meißener Porzellan-Puppe – so unbeweglich, als ob es tatsächlich eine Puppe sei. Mit einem Blick auf das Kind trat die Frau ein paar Schritte beiseite.

»Janie braucht das nicht zu hören. Sie ist zwar erst dreieinhalb, aber Kinder verstehen mehr, als man meint.« Sie holte tief Luft, wie ein Schwimmer, der sich gerade ins Wasser stürzen will. »Hier findet zur Zeit eine Gerichtsverhandlung gegen einen Mann statt. Es heißt, er habe seine Frau ermordet.«

»Glenway Cave?«

Ich merkte ihr an, wie erstaunt sie war. »Sie kennen ihn?«

»Nein. Aber ich habe den Prozeß in den Zeitungen verfolgt.«

»Dann wissen Sie auch, daß er heute als Zeuge vernommen wird. Wahrscheinlich genau in diesem Augenblick.« Ihre Stimme war düster, als ob sie den Gerichtssaal vor ihrem geistigen Auge sehen könnte.

»Ist Mr. Cave ein Freund von Ihnen?«

Sie biß sich auf die Lippen. »Freund wäre zuviel gesagt; sagen wir, daß ich an seinem Schicksal interessiert bin.«

»Aber Sie glauben, daß er unschuldig ist.«

»Habe ich das gesagt?«

»Indirekt, ja. Sie sagten, es *heißt*, er habe seine Frau ermordet.«

»Sie passen scharf auf, nicht wahr? Jedenfalls spielt es keine Rolle, was ich glaube. Was die Geschworenen glauben, darauf kommt es an. Meinen Sie, daß sie ihn freisprechen?«

»Um dazu etwas sagen zu können, müßte man die Verhandlung persönlich verfolgt haben. Der durchschnittliche Geschworene hat eine Abneigung gegen Leute, die der eigenen Frau den Kopf mit einer Schrotflinte wegpusten. Ich würde sagen, er hat eine gute Chance, den Weg in die Gaskammer anzutreten.«

»In die Gaskammer.« Sie wurde blaß, und ihre Nasenlöcher weiteten sich, als ob sie selber schon eine Spur des tödlichen Gases eingeatmet hätte.

»Glauben Sie das wirklich?«

»Die haben eine Menge belastendes Material gegen ihn zusammengetragen. Motiv, Gelegenheit und Waffe.«

»Motiv?«

»Im Gegensatz zu Cave war seine Frau vermögend – oder? Die beiden waren allein im Haus; das Haushälter-Ehepaar hatte das Wochenende über frei. Die Schrotflinte war nachweislich Caves Eigentum, und auf seinen Autohandschuhen hat man Pulverspuren festgestellt.«

»Sie *haben* den Prozeß verfolgt.«

»So gut ich das von Los Angeles aus konnte. Natürlich kann man auf Zeitungsberichte nicht viel geben. Die Story liest sich besser, wenn er als schuldig hingestellt wird.«

»Er ist nicht schuldig«, sagte sie mit ruhiger Stimme.

»Wissen Sie das, oder hoffen Sie es nur?«

Sie preßte die Hand vor den Mund. Die Fingernägel waren bis zum Rand abgekaut. »Lassen wir das.«

»Wissen Sie, wer Ruth Cave ermordet hat?«

»Nein. Selbstverständlich nicht.«

»Erwarten Sie von mir, daß ich den Täter für Sie finde?«

»Das dürfte schwierig sein, der Mord liegt schon lange zurück. Außerdem interessiert es mich nicht, wer die Frau umgebracht hat – ich kannte sie ja kaum.« Ihre Gedanken kehrten zu Cave zurück. »Hängt nicht sehr viel von dem Eindruck ab, den er im Zeugenstand macht?«

»In einem Mordprozeß, gewöhnlich ja.«

»Sie haben schon viele Mordprozesse miterlebt, nicht wahr?«

»Zu viele. Und jetzt soll ich wohl wieder an einem teilnehmen.«

»Ja.« Das Wort kam scharf und bestimmt, und sie beugte sich näher zu mir. »Ich wage nicht, selbst hinzugehen. Ich möchte, daß Sie die Geschworenen beobachten, vielleicht können Sie beurteilen, wie Glens – wie Mr. Caves Aussage auf sie wirkt. Und wenn Sie glauben, daß er freikommt, möchte ich sofort informiert werden.«

»Was ist, wenn ich es nicht sagen kann?«

»Sie werden sich zu einem Ja oder Nein bequemen müssen.« Ihre Brust berührte meinen Arm, aber sie war so mit ihren Gedanken beschäftigt, daß sie es nicht bemerkte. »Ich bin entschlossen, mich nach Ihrer Entscheidung zu richten.«

»Wie weit entschlossen?«

»Bis zum Äußersten, wenn – nötig – wenn sein Leben wirklich in Gefahr ist.«

»Ich werde mein Bestes tun. Wo kann ich Sie erreichen?«

»Ich werde mich mit Ihnen in Verbindung setzen. Ich habe für Sie im *Rubio Inn* ein Zimmer reservieren lassen. Jetzt werde ich Sie vor dem Gericht absetzen. Ach ja – das Geld.« Als sie ihre Handtasche öffnete, sah ich einen blauen Revolver schimmern. »Wieviel?«

»Hundert Dollar genügen.«

Einige Scheine wechselten den Besitzer, und wir gingen zum Wagen. Sie deutete auf den rechten Rücksitz. Ich ging links herum, um einen Blick auf die Zulassung an der Steuersäule werfen zu können. Aber die Hülle aus Kunstleder war leer.

Das kleine Mädchen stellte sich auf den Vordersitz und beugte sich nach hinten, um mich anzusehen. »Hallo, bist du mein Daddy?« Ihre Augen waren blau wie das Meer.

Ehe ich antworten konnte, sagte ihre Mutter: »Aber Janie,

du weißt doch, daß er nicht dein Daddy ist. Dies ist Mr. Archer.«

»Wo ist mein Daddy?«

»In Pasadena, Spatz. Das weißt du doch. So, nun setz dich hin, Janie, und sei brav.«

Die Kleine glitt aus meinem Gesichtsfeld. Der Motor brüllte zornig auf.

Die Uhr am Turm des Gerichtsgebäudes zeigte zehn nach elf. Die Räume des Schwurgerichts lagen im zweiten Stock. Ich ließ mich auf einen leeren Sitz in der letzten Reihe des Zuschauerraumes gleiten. Mehrere alte Damen drehten sich um und starrten mich an, als ob ich einen Gottesdienst gestört hätte.

Der Prozeß glich mehr einer alten Stammeszeremonie in einer prähistorischen Höhle. Die Fenster waren mit roten Vorhängen zugezogen. Die Luft war schwer von menschlichen Ausdünstungen. Von der Decke hingen an schwarzen Eisenvorrichtungen Lampen herunter, die ein bleiches Licht auf den grauen Kopf des Richters und auf den Mann im Zeugenstand warfen.

Ich erkannte Glenway Cave nach den Bildern in der Presse. Er war ein kräftiger, sympathisch aussehender Mann von Anfang Dreißig, der vor seiner Inhaftierung noch kräftiger und besser ausgesehen hatte. In den vier Monaten, in denen er auf seinen Prozeß gewartet hatte, hatte er allerhand Gewicht verloren. Seine Augen lagen tief in den Höhlen, und der zweireihige Gabardineanzug hing ihm lose um die Schultern. Er paßte zu dem Bild der Zeremonie – er sah wie ein erkorenes Opfer aus.

Ein Mann mit breiten Schultern und strohblondem Bürstenhaarschnitt flüsterte dem protokollführenden Gerichtsschreiber ein paar Worte zu. Ich kannte ihn; sein Name war Harvey, und er war der Anwalt des Angeklagten. Ich hatte schon öfter beruflich mit ihm zu tun gehabt, was einer der

Gründe dafür war, daß ich den Prozeß so aufmerksam verfolgt hatte.

Jetzt ertönte die Stimme des Richters. »Fahren Sie mit Ihrem Verhör fort, Mr. Harvey.«

Harvey hob den blonden Kopf und wandte sich an den Zeugen: »Mr. Cave, wir haben gerade versucht, den Grund für das – äh – Mißverständnis mit Ihrer Frau festzustellen. Haben Sie und Ihre Frau sich am Abend des 19. Mai gestritten?«

»Das haben wir. Das habe ich Ihnen bereits gesagt.« Caves Stimme war leise, man merkte ihm aber die nervöse Erregung an.

»Um was ging es bei dieser Unterhaltung?«

»Es war eher ein Streit als eine Unterhaltung.«

»Aber nur ein verbaler Streit?« Harvey schien von den Worten seines eigenen Zeugen aus der Fassung gebracht zu sein.

Vom Tisch des Anklägers her meldete sich ein Mann mit scharfem Gesicht. »Einspruch. Das ist eine Suggestivfrage – um nicht zu sagen, eine irreführende Frage.«

»Einspruch genehmigt. Die Frage wird nicht zugelassen.«

Harvey zuckte mit den Achseln, die in einer schweren Tweedjacke steckten. »Dann erzählen Sie uns einmal, was an dem Abend gesagt worden ist, Mr. Cave. Ganz von Anfang an.«

Cave bewegte sich unbehaglich und fuhr sich mit dem Handrücken über die Augen. »Ich kann mich nicht wörtlich daran erinnern. Es war eine erregte Szene ...«

Harvey schnitt ihm das Wort ab. »Erzählen Sie uns mit Ihren eigenen Worten, worüber Sie und Ihre Frau gesprochen haben.«

»Über die Zukunft«, sagte Cave. »Über unsere Zukunft. Ruth hatte vor, mich wegen eines anderen Mannes zu verlassen.«

Von den Zuhörern kam ein Raunen wie das Gesumme von Insekten. Ich sah die Reihe entlang, in der ich saß. Ein paar Sitze rechts von mir beugte sich eine junge Frau nach vorn, die an ihrem Gürtel ein Bund künstlicher Veilchen trug. Ihre Augen waren gespannt auf Caves Gesicht gerichtet. Zwischen diesen schlampigen alten Furien, die um sie herum saßen, schien sie fehl am Platze zu sein. Sie hatte einen interessanten Kopf, dessen zarter Knochenbau noch durch einen kurzen Haarschnitt unterstrichen wurde. Als sie zufällig in meine Richtung sah, begegneten sich unsere Blicke. Ihre Augen waren unheilvoll verschleiert.

Die Stimme des District Attorney übertönte das Raunen. »Ich erhebe Einspruch gegen diese Behauptung. Der Zeuge schädigt absichtlich und ohne nachweisbare Berechtigung den Ruf der Toten, in dem feigen Versuch, seinen eigenen Hals zu retten.«

Mit einem Seitenblick streifte er die Gesichter in seiner Nähe. Die Geschworenen sahen unbewegt vor sich hin, Cave war weiß wie Marmor, und auf Harveys Gesicht hatten sich rote Flecken gebildet. Letzterer erhob sich. »Die Verteidigung legt Wert auf diese Feststellung. Bisher wurde es als Belastungsmoment hingestellt, daß der Zeuge sein Haus so plötzlich verlassen hat, am gleichen Tag, an dem seine Frau gestorben ist. Ich versuche, den Grund für seine Verhaltensweise zu eruieren.«

»Wir kennen den Grund«, sagte der District Attorney für alle hörbar vor sich hin.

Harvey sah den Richter stumm an, dessen Stirnrunzeln sich seinen Gesichtsfalten wie ein alter Handschuh anpaßte.

»Einspruch abgelehnt. Und die Anklage wird es unterlassen, nicht bewiesene Behauptungen vorzubringen. Die Geschworenen werden gehalten, diese nicht zu beachten.«

Trotzdem schien der District Attorney nicht unzufrieden. Er hatte seine Ansicht verkündet, und die Geschworenen würden sich daran erinnern. Vierundzwanzig Augen, die Hälfte davon die von Frauen, und zwar vorwiegend alten Frauen, waren in einhelliger Mißbilligung auf Cave gerichtet.

Harvey wandte sich mit vor Erregung belegter Stimme wieder an seinen Zeugen: »Hat Ihre Frau gesagt, wer der Mann war, um dessentwillen sie Sie verlassen wollte?«

»Nein. Das hat sie nicht.«

»Kennen Sie ihn?«

»Nein. Für mich kam das alles wie ein Blitz aus heiterem Himmel. Ich glaube nicht, daß Ruth beabsichtigt hatte, mir die Sache zu erzählen; es rutschte ihr bei unserem Streit heraus.« Er hielt plötzlich inne, als ob er sich bei etwas ertappt hätte, und fügte hastig hinzu: »Bei unserem Wortgefecht, meine ich.«

»Wie hatte dieses Wortgefecht angefangen?«

»Ach, wie so was eben kommt. Geldschwierigkeiten. Ich wollte mir einen Ferrari kaufen, doch Ruth war dagegen.«

»Einen Ferrari, einen Wagen also?«

»Ja, einen Rennwagen. Ich bat sie um das Geld, doch sie war es leid, ständig meine Ausgaben zu finanzieren. Ich erklärte ihr, daß ich es auch satt hätte, immer der Nehmende zu sein. Dann kam es heraus, daß sie mich wegen eines anderen verlassen wollte.« Cave zog einen Mundwinkel hoch. »Eines Mannes, der sie um ihrer selbst willen liebte.«

»Und wann sollte das sein?«

»Sobald sie ihre Sachen für Nevada zusammen hatte. Ich sagte Ruth, daß sie gehen könne – mit wem und wohin sie wolle.«

»Und Sie, was haben Sie dann getan?«

»Ein paar Kleidungsstücke eingepackt und mit meinem Wagen weggefahren.«

»Und wann war das genau – ich meine zeitlich?«

»Das kann ich nicht mehr sagen.«

»War es schon dunkel?«

»Es dämmerte, aber ich brauchte die Scheinwerfer noch nicht gleich einzuschalten. Es kann nicht später als acht Uhr gewesen sein.«

»Und Ihre Frau lebte und war wohlauf, als Sie sie verließen?«

»Natürlich.«

»Sind Sie in gutem Einvernehmen auseinandergegangen?«

»Doch, bestimmt. Sie verabschiedete sich von mir und bot mir noch etwas Geld an, das ich übrigens ausgeschlagen habe. Ich habe überhaupt wenig mitgenommen, nur das Notwendigste. Selbst von meiner Kleidung habe ich das meiste zurückgelassen.«

»Warum?«

»Sie hatte mir alles gekauft, also hatte sie ein Recht auf die Sachen. Außerdem dachte ich, daß ihr neuer Mann Verwendung dafür haben könnte.«

»Ah ja.«

Harvey klang unsicher. Er wandte sich von Cave ab, und ich sah, daß sein Gesicht gerötet war, entweder vor Zorn oder vor Ungeduld. Ohne den Angeklagten anzusehen, fragte er: »Befand sich unter den Sachen, die Sie zurückließen, eine Schußwaffe?«

»Ja. Eine doppelläufige Schrotflinte, Kaliber zwölf. Ich habe sie hauptsächlich zur Kaninchenjagd benutzt.«

»War sie geladen?«

»Wahrscheinlich. Ich bewahrte sie gewöhnlich geladen auf.«

»Wo haben Sie sie aufbewahrt?«

»In der Garage. Ruth mochte keine Schußwaffe im Haus haben. Sie hatte krankhafte Angst …«

Harvey unterbrach ihn schnell. »Haben Sie auch ein Paar Autohandschuhe zurückgelassen, die Handschuhe hier auf dem Tisch, die von der Anklage als Beweisstück *J* gekennzeichnet worden sind?«

»Ja, die waren ebenfalls in der Garage.«

»Und das Garagentor – war es offen oder geschlossen?«

»Ich habe es offengelassen, glaube ich. Wir haben es nur selten abgeschlossen.«

»Mr. Cave«, fragte Harvey mit tiefer Stimme, »haben Sie Ihre Frau vor Ihrer Abfahrt mit der Schrotflinte getötet?«

»Das habe ich nicht.« Im Gegensatz zu Harveys Stimme klang die von Cave hoch und dünn und nicht sehr überzeugend.

»Sind Sie, nachdem Sie das Haus um etwa acht Uhr verlassen haben, an diesem Abend noch einmal zurückgekehrt?«

»Nein. Ich habe das Haus nicht mehr betreten, außerdem wurde ich bereits am folgenden Tag in Los Angeles verhaftet.«

»Wo haben Sie den Abend verbracht – das heißt nach acht Uhr?«

»Bei einem Freund.«

Im Gerichtssaal begann es wieder zu raunen.

»Der Name dieses Freundes?« blaffte Harvey. Er hörte sich plötzlich an wie ein Ankläger, der einen Zeugen der Gegenpartei ins Kreuzverhör nimmt.

Cave bewegte den Mund, um zu sprechen, und zögerte dann. Er fuhr sich mit der Zunge über die trockenen Lippen. »Den möchte ich nicht sagen.«

»Und warum möchten Sie den nicht sagen.«

»Es war eine Frau. Ich möchte ihr die Peinlichkeit ersparen.«

Harvey wandte sich abrupt von dem Zeugen ab und sah zum Richter hinauf. Der Richter ermahnte die Geschworenen, mit niemandem über den Fall zu sprechen, und vertagte die Sitzung auf zwei Uhr.

Ich beobachtete, wie die Geschworenen im Gänsemarsch hinausgingen. Nicht einer sah Glenway Cave an. Sie hatten genug gesehen.

Harvey verließ als letzter den abgeteilten Platz für die Prozeßbevollmächtigten. Ich wartete auf ihn an dem kleinen Schwingtor, das die Zuschauer vom eigentlichen Gericht trennt. Er kam mir entgegen; seine Aktentasche trug er, als ob sie mit Steinen gefüllt wäre.

»Mr. Harvey, haben Sie eine Minute Zeit für mich?«

Er wollte mich gerade mit einer müden Bewegung abfahren lassen, als er mein Gesicht erkannte. »Lew Archer? Was um alles in der Welt hat Sie denn hierher geführt?«

»Deswegen möchte ich ja mit Ihnen reden.«

»Über diesen Fall?«

Ich nickte. »Werden Sie ihn freibekommen?«

»Natürlich. Er ist unschuldig.« Das Echo seiner Stimme klang hohl durch den leeren Raum, und er sah mich zweifelnd an. »Sie schnüffeln doch nicht etwa für die Anklage herum?«

»Diesmal nicht. Die Person, die mich beauftragt hat, glaubt, daß Cave unschuldig ist. Genau wie Sie.«

»Eine Frau?«

»Habe ich ein Wort davon gesagt?«

»Da Sie nicht von einem Mann gesprochen haben, nehme ich an, es handelt sich um eine Frau. Wer ist sie, Archer?«

»Wenn ich das wüßte!«

»Nun kommen Sie schon.« Seine knochige Hand ruhte auf meinem Arm. »Sie akzeptieren anonyme Klienten genausowenig wie ich.«

»Dies ist eine Ausnahme. Ich weiß nur, daß sie sehr an seinem Freispruch interessiert ist.«

»Das sind wir alle.« Sein höfliches Lächeln erstarrte. »Hören Sie, hier können wir nicht reden. Kommen Sie mit in mein Büro. Ich lasse ein paar Sandwiches raufkommen.«

Er schob mich zur Tür. Die Frau mit den dunklen Augen und den künstlichen Veilchen am Gürtel wartete im Korridor. Ihr verschleierter Blick ging über mich hinweg und blieb besitzergreifend auf Harvey ruhen.

»Überrascht?« Ihre Stimme war tief und kehlig, passend zu ihrem jungenhaften Aussehen. »Gehen wir zusammen essen?«

»Ich habe ziemlich viel zu tun, Rhea. Ich dachte, du würdest heute zu Hause bleiben.«

»Das hatte ich auch vor. Ehrlich. Aber ich war einfach neugierig, da habe ich mich schließlich aufgemacht und bin hergekommen.«

Mit einer seltsamen Unbeholfenheit bewegte sie sich auf ihn zu, als ob sie sich ihres und seines Körpers peinlich bewußt sei. »Freust du dich nicht, Liebling?«

»Natürlich freue ich mich«, sagte er, aber der Ton strafte seine Worte Lügen.

»Dann laß uns auch zusammen essen.« Ihre weißbehandschuhte Hand streichelte seinen Rockaufschlag. »Ich habe im Club einen Tisch reservieren lassen. Es wird dir guttun, an die frische Luft zu kommen.«

»Ich habe dir doch gesagt, daß ich zu tun habe, Rhea. Mr. Archer und ich müssen etwas besprechen.«

»Dann soll Mr. Archer mitkommen. Ich werde euch nicht stören.« Sie wandte sich mir lächelnd zu. »Da mein Mann seine guten Manieren vergessen zu haben scheint – ich bin Rhea Harvey.«

Sie reichte mir die Hand, und Harvey stellte mich vor. Resigniert zuckte er mit den Schultern und führte uns zu seinem bronzefarbenen Cabrio. Wir fuhren in Richtung Meer, das am Fuße der Stadt wie ein heruntergefallenes Stückchen Himmel schimmerte.

»Was macht der Prozeß, Rod?« erkundigte sie sich.

»Schön läuft er nicht. Es hätte nicht viel gefehlt und Glen hätte sich vor den Richtern und den Geschworenen aufgebaut und gestanden.«

»War es wirklich so schlimm?«

»Schlimm genug.« Harvey lehnte sich über das Lenkrad

nach vorn und sah mich fragend an. »Haben Sie das Trauerspiel miterlebt, Archer?«

»Teilweise. Er ist entweder sehr ehrlich oder sehr dumm.«

Harvey schnaufte. »Glen ist nicht dumm. Dumm ist nur, daß ihm alles egal zu sein scheint. Er hört nicht auf meinen Rat. Ich stand da, stellte meine Fragen und hatte keine Ahnung, mit was für verrückten Antworten er mir kommen würde. Er scheint ein masochistisches Vergnügen daran zu haben, seine Chancen zu ruinieren.«

»Vielleicht drückt ihn sein Gewissen«, sagte ich.

Harvey richtete seinen Blick wieder auf die Straße. »Möglich. Aber das glaube ich nicht, und ich spreche nicht nur als sein Verteidiger. Ich kenne Glen Cave seit langer Zeit. Im College hatten wir ein gemeinsames Zimmer. Zum Teufel, ich habe ihn erst mit seiner Frau bekannt gemacht.«

»Das ist aber keine Garantie dafür, daß er unfähig wäre, einen Mord zu begehen.«

»Natürlich nicht. Jeder Mensch kann zum Mörder werden, doch das meine ich damit nicht. Ich glaube, daß Glen ein zu gewitzter Bursche ist. Hätte er sich entschlossen, Ruth wegen ihres Geldes umzubringen, wäre er anders vorgegangen. Ich bezweifle, daß er in diesem Fall eine Schußwaffe benutzt hätte, und auf keinen Fall seine eigene, weil es einfach zu dumm wäre.«

»Vielleicht war es eine Affekthandlung. Leidenschaft oder Eifersucht können einen Mann schon den Kopf verlieren lassen.«

»Aber nicht Glen. Er war nie in Ruth verliebt gewesen. Und er ist ungefähr so leidenschaftlich wie ein Floh.« Etwas wie Verachtung klang in seiner Stimme auf. »Jedenfalls ist seine Geschichte von dem anderen Mann Mumpitz.«

»Bist du ganz sicher, Rod?«

Er wandte sich erregt seiner Frau zu. »Nein, ich bin nicht sicher. Ich bin mir in nichts sicher. Glen vertraut sich mir nicht an, und ich weiß nicht, wie ich ihn verteidigen soll, wenn er so weitermacht. Ich wünschte bei Gott, er hätte sich einen anderen Anwalt gewählt. Er weiß so gut wie ich, daß Prozesse nicht meine Stärke sind. Ich habe ihm einen Kollegen vorgeschlagen, der in solchen Sachen viel erfahrener ist als ich. Aber er wollte nicht hören. Er sagte, wenn ich seinen Fall nicht übernähme, würde er sich selbst verteidigen, und er ist schon im zweiten Jahr seines Jurastudiums durchgefallen. Was sollte ich also tun?«

Er trat das Gaspedal durch, scherte aus und zwängte sich von Lücke zu Lücke in der mittäglichen Autoschlange auf dem Ocean Boulevard. Palmen flogen vorbei; wie dürre alte Männer mit wirren Haaren rasten sie am Rande des quecksilbrigen Meeres entlang.

Der Strandclub, ein U-förmiger Bau, lag am Ende des Boulevards. Laut Anschlag war er *Nur für Mitglieder und Gäste* geöffnet. Im Innenhof befanden sich ein Schwimmbassin und – ebenfalls im Freien – mehrere Tische mit Sonnenschirmen. Von einer frischen Brise durchweht und vom Sonnenlicht überflutet, war dieser Hof das genaue Gegenteil von dem düsteren Gerichtssaal, in dem sich Caves Schicksal entscheiden würde. Aber der Schatten des Gerichtssaales fiel auf unser Mittagessen und nahm dem Essen seine Farbe und seinen Geschmack.

Harvey schob den kaum berührten Lachssalat zur Seite und stürzte einen zweiten Martini hinunter. Er wollte einen dritten bestellen, doch seine Frau winkte mit einem kaum wahrnehmbaren Kopfschütteln ab. Der Kellner ging wieder.

»Diese Frau«, sagte ich, »die Frau, mit der er die Nacht verbracht haben will – wer ist sie?«

»Mir hat er den Namen auch nicht genannt.« Die instinktive Zurückhaltung des Rechtsanwalts, irgendwelche Informationen preiszugeben, ließ ihn zögern. Dann zwang er sich, weiterzusprechen. »Es scheint, er ist an dem Abend, an dem die Schießerei passierte, direkt zu ihr gegangen und von abends acht Uhr dreißig bis zum folgenden Morgen bei ihr geblieben. Das behauptet er jedenfalls.«

»Haben Sie seine Geschichte überprüft?«

»Wie denn? Wenn er sich weigert, mir irgend etwas zu sagen, wie soll ich dann ihre Identität feststellen? Das ist nur ein weiteres Beispiel für seine mangelnde Unterstützung. Ich weiß kaum noch, wie ich die Verteidigung aufbauen soll.«

»Ist diese Frau denn so wichtig für die Verteidigung?«

»Sie ist entscheidend. Ruth ist irgendwann um Mitternacht erschossen worden. Das hat die Untersuchung des Mageninhalts bei der Obduktion ergeben. Und zu diesem Zeitpunkt war Glen, wenn er die Wahrheit sagt, bei dieser Zeugin. Dennoch tut er alles, um zu verhindern, daß sie als Zeugin vorgeladen wird. Es hat mich Stunden gekostet, ihm einzuhämmern, daß er überhaupt über sie aussagte. Und ich bin nicht einmal sicher, ob das nicht ein Fehler war. Diese jämmerlichen Geschworenen ...« Seine Stimme verlor sich. Er war in Gedanken wieder im Gericht bei seinem mühsamen Kampf gegen die Vorurteile einer typischen Kleinstadt.

Und ich mußte an die Situation auf dem Flugplatz denken und meinte das drängende Flüstern der Frau noch einmal zu hören: *Sie werden sich zu einem Ja oder Nein bequemen müssen. Ich bin entschlossen, mich nach Ihrer Entscheidung zu richten.*

Harvey sah auf das gebändigte Meer hinaus, das wie in einem Fischernetz aus elastischen Lichtsträhnen gefangen schien. In der klaren Septembersonne konnte ich die grauen Strähnen in seinem Haar und die Furchen der Anstrengung um seinen Mund sehen.

»Wenn ich die Frau nur finden könnte.« Er schien mit sich selbst zu sprechen, bis er mich aus seinen Augenwinkeln ansah. »Wer, glauben *Sie,* mag sie sein?«

»Woher soll ich das wissen?«

Er lehnte sich vertraulich über den Tisch. »Warum sind Sie so zugeknöpft, Archer? Ich habe Farbe bekannt.«

»Das ist aber nicht meine Farbe.«

Ich bereute die Worte schon, ehe ich sie noch ganz ausgesprochen hatte.

Harvey fragte: »Wann werden Sie die Frau sehen?«

»Sie ziehen schon wieder voreilige Schlüsse.«

»Wenn ich mich irre, kann man nichts machen. Wenn ich recht habe, übermitteln Sie ihr bitte eine Botschaft von mir. Sagen Sie ihr, daß Glen – entschuldigen Sie das melodramatische Wort – in Lebensgefahr schwebt. Wenn sie ihn gern genug hat, um mit ihm ...«

»Bitte, Rod.« Rhea Harvey war peinlich berührt. »Du brauchst nicht gleich so gewöhnlich zu werden.«

Ich sagte: »Ehe ich etwas unternehme, möchte ich mit Cave sprechen. Ich weiß nicht, ob es dieselbe Frau ist. Und wenn sie es ist, könnte er Gründe haben, sie nicht preiszugeben.«

»Sie können wahrscheinlich im Gerichtssaal ein paar Minuten mit ihm sprechen.« Er sah auf die Uhr und schob seinen Stuhl heftig zurück. »Wir fahren besser. Es ist zwanzig vor zwei.«

Wir gingen am Schwimmbassin vorbei zum Ausgang zurück. Als wir die Vorhalle betraten, kam gerade eine Frau vom Boulevard herein. Sie hielt die schwere Glastür für das kleine, flachshaarige Mädchen auf, das ihr folgte.

Dann blickte sie hoch und sah mich. Die dunkle Harlekin-Sonnenbrille blitzte in dem vom Schwimmbassin reflektierten Licht. Sie drehte sich auf dem Absatz um, doch das Kind hatte mich schon angelächelt und gefragt: »Hallo! Fährst du mit uns?« Dann trottete es hinter seiner Mutter her.

Harvey sah seine Frau fragend an. »Was ist denn mit der Kilpatrick los?«

»Sie muß betrunken sein. Sie hat uns nicht mal erkannt.«

»Kennen Sie sie, Mrs. Harvey?«

»Was man so kennen nennt.« Ihre Augen nahmen einen entschlossenen, starren Ausdruck an – den Blick abgestandener Tugend, die mit dem Laster konfrontiert wird. »Ich habe Janet Kilpatrick seit Monaten nicht gesehen. Seit ihrer Scheidung hat sie sich nur noch selten in der Öffentlichkeit gezeigt.«

Harvey drängte sich näher und griff nach meinem Arm. »Ist Mrs. Kilpatrick die Frau, von der wir gesprochen haben?«

»Kaum.«

»Die beiden schienen Sie zu kennen.«

Ich erfand etwas aus dem Stegreif. »Ich habe sie vorigen Monat im Daylight-Expreß getroffen, als ich von Frisco kam. Sie war betrunken und wollte wohl nicht an diesen Vorfall erinnert werden.«

Das schien ihn zufriedenzustellen. Doch als ich mich mit der Begründung entschuldigte, ich wollte noch ein bißchen schwimmen und würde nicht mit ihnen zurückfahren, zeigte mir sein ironischer Blick, daß er sich nicht hinters Licht führen ließ.

Die Empfangsdame hatte lange scharlachrote Fingernägel, und sie betrachtete mich geringschätzig. Ja, Mrs. Kilpatrick sei Mitglied des Clubs. Nein, ihr sei nicht gestattet, die Adressen von Mitgliedern weiterzugeben. Widerwillig bestätigte sie, daß in der Bar ein öffentliches Telefon sei.

Der Raum war leer bis auf den Barmixer, ein schlanker, weißgekleideter Mann mit den glutvollen Augen des Südländers. Ich fand Mrs. Kilpatrick im Telefonbuch: ihre Adresse war Coast Highway Nr. 1201. Ich bestellte ein Taxi und verlangte vom Barmixer ein Bier.

Er war mitteilsamer als die Empfangsdame. Sicher kannte er Glenway Cave. Jeder Barmann in der Stadt kannte ihn. Der Kerl hatte am Nachmittag des Tages, an dem er seine Frau ermordet hatte, noch hier in der Bar gesessen.

»Sie glauben, daß er sie ermordet hat?«

»Das glauben doch alle. Die geben nicht das ganze Geld für so einen Prozeß aus, wenn sie ihn nicht überführen können. Außerdem – das Motiv liegt doch auf der Hand.«

»Sie meinen den Mann, mit dem sie sich eingelassen hat?«

»Ich meine zwei Millionen Dollar.« Jetzt ging ihm der Sinn meiner Worte auf. »Was ist das für ein Mann?«

»Cave hat heute morgen vor Gericht ausgesagt, daß sich seine Frau von ihm scheiden lassen wollte, um einen anderen zu heiraten.«

»Das hat er gesagt? Sind Sie vielleicht ein Zeitungsmensch?«

»So 'ne Art schon.« Ich hatte mehrere Zeitungen abonniert.

»Nun, dann können Sie ruhig schreiben, daß das alles Käse ist. Ich habe Mrs. Cave oft genug im Club gesehen. Sie war immer mit denselben Leuten zusammen, wissen Sie, und Sie können mir glauben, die hat keinen anderen Mann angesehen. Wenn einer herumscharwenzelt hat, dann war er das. Kein Wunder, schließlich war sie bedeutend älter als er.« Sein leichter Akzent verlieh dem Satz eine gewisse Zweideutigkeit. »Am selben Tag, an dem der Mord passiert ist, hat er sich ganz flott um eine andere Frau bemüht, hier direkt vor meiner Nase.«

»Wissen Sie, wer das war?«

»Ich möchte keine Namen nennen. An dem Nachmittag war sie schon ziemlich blau, sie wußte kaum noch, was sie tat. Dabei hat sie sowieso schon genug Schwierigkeiten. Das können Sie mir glauben.«

Ich drängte ihn nicht weiter. Eine Minute später ertönte auf der Straße die Hupe meines Taxis.

Einige Meilen südlich der Stadtgrenze führte ein befestigter Weg von der Landstraße zu Mrs. Kilpatricks Haus. Es war ein großes, altmodisches Landhaus aus Rotholz und lag zwischen Bäumen und Blumen oberhalb eines knochenweißen

Strandes. Der Cadillac war neben der mit Wein bewachsenen Veranda geparkt, ein Anblick wie eine Reklame im Vierfarbendruck. Ich bat den Fahrer zu warten und betätigte den Türklopfer.

Ein kleines, rechteckiges Fenster war in die Tür eingelassen. Es öffnete sich und ein grünes Auge glühte wie ein gesprungener Smaragd durch den Spalt.

»Sie«, sagte sie mit tiefer Stimme. »Sie hätten nicht hierherkommen sollen.«

»Ich habe einige Fragen an Sie, Mrs. Kilpatrick. Und vielleicht habe ich auch ein paar Antworten. Darf ich reinkommen?«

Sie seufzte hörbar. »Wenn es sein muß.« Sie öffnete die Tür und trat zurück, um mich vorbei zu lassen. »Bitte seien Sie leise, ich habe Janie ein Stündchen ins Bett gepackt.«

Über ihrer rechten Hand hing ein weißer Seidenschal, und unter der Seide zeichnete sich eine Form ab, die in seltsamem Widerspruch zu ihrer mütterlichen Besorgtheit stand – die Form eines kleinen Revolvers.

»Das Ding legen Sie besser weg. Sie brauchen es nicht, oder?«

Ihre Hand bewegte sich ruckhaft. Der Schal glitt von dem blanken Stahl und schwebte zu Boden. Sie betrachtete die Waffe, als ob sie sich nicht erinnern könnte, wie sie in ihre Hand gelangt war, und legte sie auf das Telefontischchen.

»Tut mir leid. Ich wußte nicht, wer an der Tür war. Ich war so nervös ...«

»Wen haben Sie denn erwartet?«

»Frank vielleicht oder einen seiner Leute. Er hat versucht, mir Janie wegzunehmen. Er behauptet, ich sei als Mutter ungeeignet. Und vielleicht bin ich es auch«, fügte sie im Ton unparteiischer Verzweiflung hinzu, »aber bei Frank wäre sie noch schlechter aufgehoben.«

»Frank ist Ihr Mann?«

»Mein ehemaliger. Ich habe mich letztes Jahr von ihm scheiden lassen, und das Gericht hat mir Janie zugesprochen. Seither hat Frank dieses Sorgerecht immer wieder angefochten. Der wahre Grund dafür ist, daß Janies Großmutter dem Kind ein erhebliches Vermögen hinterlassen hat. Nur daran ist Frank interessiert. Aber ich bin die Mutter, und ich werde nicht zulassen, daß er Janie um ihr Erbe bringt.«

»Ich glaube, ich weiß, worum es geht«, sagte ich. »Berichtigen Sie mich, wenn etwas nicht stimmt. Cave hat die Nacht mit Ihnen verbracht – die Nacht, in der er seine Frau erschossen haben soll. Aber wenn Sie in dem Prozeß als Zeugin aussagen, könnte Ihr ehemaliger Mann Ihnen eventuell das Sorgerecht für Janie absprechen lassen.«

»Sie haben recht.« Sie senkte den Blick, nicht so sehr vor Scham, sondern weil sie sich den Tatsachen beugte. »Wir kamen an dem Nachmittag in der Bar des Clubs ins Gespräch. Ich kannte ihn kaum, aber ich – nun, ich fühlte mich zu ihm hingezogen. Er fragte, ob er mich an diesem Abend besuchen könnte. Ich fühlte mich einsam, niedergeschlagen und einsam. Außerdem hatte ich ziemlich viel getrunken. Ich willigte ein.«

»Um welche Zeit kam er her?«

»Kurz nach acht.«

»Und ist die ganze Nacht geblieben?«

»Ja. Er kann Ruth Cave nicht umgebracht haben. Er war bei mir. Jetzt werden Sie verstehen, warum ich so langsam verrückt geworden bin, seit man ihn verhaftet hat – ich saß zu Hause, kaute an meinen Fingernägeln und fragte mich, was ich um Himmels willen tun sollte.« Wie grüne Scheinwerfer flammten ihre Augen unter den blonden Brauen auf. »Was *soll* ich tun, Mr. Archer?«

»Einstweilen gar nichts. Der Prozeß läuft noch einige Tage. Und vielleicht wird er freigesprochen.«

»Glauben Sie wirklich?«

»Schwer zu sagen. Heute morgen im Zeugenstand hat er keinen sehr guten Eindruck gemacht. Andererseits hat er die statistische Wahrscheinlichkeit auf seiner Seite, was ihm bewußt zu sein scheint. Nur selten wird ein Unschuldiger wegen Mordes verurteilt.«

»Er hat mich im Zeugenstand nicht erwähnt?«

»Er sagte, er sei bei einer Frau gewesen, ohne aber ihren Namen zu nennen. Lieben Sie ihn, Mrs. Kilpatrick?«

»Nein, das ist es nicht. Ich war an dem Abend einfach fertig. Seine Aufmerksamkeit tat mir wohl. Wir waren jeder ein Stück Strandgut, in der Dunkelheit zueinander gespült. Er wurde ziemlich – gefühlvoll an einem Punkt und sagte mir, daß er mich heiraten möchte. Ich erinnerte ihn daran, daß er verheiratet sei.«

»Was hat er darauf gesagt?«

»Daß seine Frau nicht ewig leben werde. Aber ich habe ihn nicht ernst genommen. Seit jener Nacht habe ich ihn nicht einmal mehr gesehen. Nein, ich bin nicht verliebt in ihn. Wenn ich jedoch zuließe, daß er für etwas verurteilt wird, von dem ich weiß, daß er es nicht getan hat – ich könnte selbst nicht mehr weiterleben.« Mit einer bitteren Grimasse fügte sie hinzu: »Es ist schon so schwer genug.«

»Aber Sie möchten weiterleben?«

»Nicht besonders gern. Aber ich muß, weil Janie mich braucht.«

»Dann bleiben Sie zu Hause und halten Sie die Türen verschlossen. Es war nicht sehr klug, heute in den Club zu gehen.«

»Ich weiß. Aber ich brauchte dringend etwas zu trinken, und der Club lag am nächsten. Dann sah ich Sie und bekam einen Schreck.«

»Dann sollen Sie den Schreck auch behalten. Denken Sie daran, wenn Cave den Mord nicht begangen hat, dann hat es ein anderer getan – und Cave als Sündenbock benutzt. Jemand, der noch immer auf freiem Fuß ist. Übrigens, was trinken Sie?«

»Irgendwas. Meistens Scotch.«

»Können Sie es noch ein paar Stunden lang aushalten?«

»Wenn ich muß.« Sie lächelte und sah auf einmal reizend aus. »Sie sind sehr aufmerksam.«

Als ich in den Gerichtssaal zurückkam, war das Verfahren gerade unterbrochen worden. Die Geschworenen hatten ihre Plätze verlassen; Harvey und der District Attorney stritten sich vor dem Richtertisch. Cave saß allein am Anwaltstisch. Einen Schritt hinter ihm stand zwischen den Fenstern ein Vertreter des Sheriffs, den Revolver am Oberschenkel.

Ich setzte eine wichtigtuerische, offizielle Miene auf, marschierte durch das Schwingtor in das Gehege der Prozeßbevollmächtigten und ließ mich auf dem leeren Stuhl neben Cave nieder. Er sah von dem getippten Protokoll auf, in dem er gelesen hatte. Trotz seiner Gefängnisblässe war er ein gutaussehender Mann mit seinem jungenhaften Gesicht und dem lockigen braunen Haar, von dem es heißt, daß Frauen es gerne kraulen. Aber sein Mund war verschlossen, seine Augen waren dunkel und durchdringend.

Bevor ich mich vorstellen konnte, sagte er: »Sind Sie der Detektiv, von dem mir Rod erzählt hat?«

»Ja. Mein Name ist Archer.«

»Sie verschwenden Ihre Zeit, Mr. Archer. Sie können nichts für mich tun.« Seine Stimme war schwerfällig monoton, als ob das Kreuzverhör über seine Gefühle hinweggerollt wäre und sie plattgewalzt hätte.

»So schlimm kann es doch wohl nicht sein, Cave.«

»Ich habe nicht gesagt, daß es schlimm ist. Mir geht es ausgezeichnet, und ich weiß, was ich tue.«

Ich hielt meinen Mund. Es wäre nicht gut, ihm zu erzählen, daß sein eigener Anwalt das Vertrauen in den Fall verloren hatte. Harveys Stimme erhob sich scharf und angespannt über das Gemurmel im Gerichtssaal. Er beharrte darauf, daß gewisse Fragen unsachlich und unwesentlich seien.

Cave lehnte sich zu mir herüber, seine Stimme wurde leiser. »Sie stehen mit ihr in Verbindung?«

»Sie hat mich engagiert.«

»Das ist voreilig gewesen, unter diesen Umständen. Oder kennen Sie die Umstände nicht?«

»Soviel ich weiß, riskiert sie, ihr Kind zu verlieren, wenn sie aussagt.«

»Genau. Warum, glauben Sie wohl, habe ich sie nicht rufen lassen? Gehen Sie und sagen Sie ihr, daß ich ihr für ihren guten Willen danke, aber ihre Hilfe nicht annehmen kann. Die können einen Unschuldigen nicht verurteilen. Ich habe meine Frau nicht erschossen, und ich brauche kein Alibi, um das zu beweisen.«

Ich sah ihn an und bewunderte seine Gelassenheit. Die Armhöhlen seines Gabardineanzuges waren vom Schweiß dunkel gefärbt. Er zitterte.

»Wissen Sie, wer sie erschossen hat, Cave?«

»Ich habe mir meine Meinung gebildet. Wir wollen nicht näher darauf eingehen.«

»Ihr neuer Mann?«

»Wir wollen nicht näher darauf eingehen«, wiederholte er und begrub seine Nase im Protokoll.

Der Richter beauftragte den Gerichtsdiener, die Geschworenen wieder hereinzubringen. Harvey setzte sich neben mich. Er sah mürrisch aus. Cave ging wieder in den Zeugenstand.

Was dann folgte, war ein moralisches Gemetzel. Der District Attorney zwang Cave zuzugeben, daß er seit seiner Entlassung aus der Armee keine bezahlte Stelle mehr gehabt hatte, daß er sich nur mit Tennis und Laienspiel beschäftigt und keine eigenen Mittel gehabt hatte. Seine Frau hatte nicht nur den gesamten Haushalt, sondern auch noch seine ausgedehnten Reisen in Gesellschaft anderer Frauen finanziert.

Der Ankläger wandte Cave mit theatralischem Abscheu den Rücken zu. »Und Sie sind der Mann, der es wagt, die Tugend seiner toten Frau anzugreifen, der Frau, die Ihnen alles gegeben hat.«

Harvey legte Einspruch ein. Der Richter forderte den District Attorney auf, die Frage neu zu formulieren.

Der District Attorney nickte und wandte sich an Cave. »Haben Sie heute morgen gesagt, daß es im Leben Ihrer Frau einen anderen Mann gegeben hat?«

»Das habe ich. Es ist wahr.«

»Haben Sie irgendeinen Beweis für Ihre Geschichte?«

»Nein.«

»Wer ist denn dieser große Unbekannte?«

»Ich weiß es nicht. Ich kann nur wiedergeben, was Ruth mir erzählt hat.«

»Sie kann sich nicht mehr verteidigen. Und nun sagen Sie uns jetzt frei heraus, Mr. Cave, haben Sie diesen Mann nicht nur erfunden? Haben Sie ihn sich nicht ausgedacht?«

Caves Stirn war schweißnaß. Er nahm ein Taschentuch aus der Brusttasche und wischte sich Stirn und Mund ab. Über dem weißen Gewebe, das die untere Hälfte seines Gesichtes bedeckte, sah er, am District Attorney vorbei, über den eingefriedeten Teil des Gerichtssaales. Eine ganze Weile herrschte Schweigen.

Dann lächelte Cave. »Nein, ich habe ihn nicht erfunden.«

»Existiert dieser Mann auch außerhalb Ihrer Phantasie?«

»Ja.«

»Wo? Wer ist es?«

»Ich weiß es nicht«, sagte Cave mit erhobener Stimme. »Wenn Sie es wissen wollen, versuchen Sie ihn doch zu finden. Sie haben genug Detektive zu Ihrer Verfügung.«

»Auch der beste Detektiv kann nicht jemand finden, der gar nicht existiert, Mr. Cave.«

Der District Attorney fing den zornigen Blick des Richters ein, der das Verfahren bis zum folgenden Morgen vertagte. In der Stadt kaufte ich eine Flasche Scotch, erwischte am Bahnhof ein Taxi und fuhr zu Mrs. Kilpatricks Haus.

Als ich an die Tür des Landhauses klopfte, tastete jemand innen am Türknopf herum. Ich schob die Tür auf. Das flachshaarige Kind sah zu mir hoch, auf den Bäckchen noch die Spuren halbgetrockneter Tränen.

»Mami will nicht aufwachen!«

Ich sah den roten Fleck auf ihrem Knie und rannte ins Haus. Janet Kilpatrick lag mit dem Gesicht auf dem Fußboden der Diele, ihr helles Haar in einer Blutlache. Ich hob den Kopf an und sah das Loch in der Schläfe, das aufgehört hatte zu bluten.

Ihr kleiner blauer Revolver lag auf dem Boden in der Nähe ihrer schlaffen Hand. Ein Schuß war aus der Trommel abgefeuert worden.

Das Kind berührte meine Hand. »Ist Mami krank?«

»Ja, Janie. Sie ist krank.«

»Doktor holen«, sagte sie altklug.

»War er nicht hier?«

»Weiß nicht. Hab geschlafen.«

»War irgend jemand hier, Janie?«

»Ja. Mami reden. Dann laut Bumm. Und dann Mami nicht mehr aufwachen.«

»War es ein Mann?«

Sie schüttelte den Kopf.

»Eine Frau, Janie?«

Das gleiche stumme Kopfschütteln. Ich nahm sie bei der Hand und brachte sie zum Taxi. Das blendende Ansichtskartenpanorama ließ den Tod unwirklich erscheinen. Ich bat den Fahrer, dem Kind eine Geschichte zu erzählen, irgendeine tröstliche Geschichte. Dann ging ich in die düstere Diele zurück und telefonierte.

Ich rief das Büro des Sheriffs an, dann Frank Kilpatrick in Pasadena. Ein Diener holte ihn an den Apparat. Ich teilte ihm mit, wer und wo ich sei und wer neben mir tot auf dem Boden lag.

»Wie schrecklich!« Er hatte einen vornehmen Akzent, der von der Sonne an der Küste schon etwas verblichen war. »Glauben Sie, daß Janet sich das Leben genommen hat? Sie hat oft damit gedroht.«

»Nein«, entgegnete ich. »Nach Selbstmord sieht es nicht aus. Ihre Frau ist ermordet worden.«

»Wie furchtbar!«

»Warum der Gefühlsaufwand, Kilpatrick? Sie haben doch die zwei Dinge erreicht, die Sie wollten: Sie bekommen Ihr Kind und sind Ihre Frau los.«

Es war grausam, ihm das zu sagen, aber ich wollte grausam sein. Die dritte Unterhaltung führte ich an Ort und Stelle, nachdem die Männer des Sheriffs mit mir fertig waren.

Die Sonne war zu dieser Zeit schon ins Meer gefallen. Der Himmel im Westen war bekritzelt, als wenn ein Kind mit den Fingern bunte Federwolken gemalt hätte. Zwischen den Häusern der Innenstadt flutete die Dämmerung wie eisengefärbtes Wasser. Im zweiten Stock des Gebäudes im kalifornisch-spanischen Stil, wo Harvey seine Büroräume hatte, brannte Licht.

Harvey öffnete auf mein Klopfen. Er war in Hemdsärmeln, seine Krawatte hing schief. Er hielt ein Bündel Papiere in der Hand. Sein Atem stieg mir sauer in die Nase.

»Was gibt's, Archer?«

»Das will ich von Ihnen wissen.«

»Und was soll das nun wieder bedeuten?«

»Sie waren der Mann, den Ruth Cave heiraten wollte. Sie wollten sich beide von Ihren jeweiligen Ehepartnern scheiden lassen, um gemeinsam ein neues Leben aufzubauen – mit ihrem Geld.«

Er ging rückwärts in sein Büro, ein großer, verwirrter Mann, der zwischen den weißen Ledermöbeln und der Täfelung aus Linde und Eiche seltsam fehl am Platze aussah. Ich folgte ihm. Der automatische Türschließer zischte leise hinter mir.

»Was, zum Teufel, soll das? Ruth und ich waren gute Freunde. Ich habe ihre Geschäfte abgewickelt – mehr nicht.«

»Versuchen Sie nicht, mir etwas vorzumachen, Harvey. Ich bin nicht Ihre Frau und auch nicht Ihr Richter ... Ich habe Janet Kilpatrick vor ein paar Stunden besucht.«

»Was immer sie auch gesagt haben mag, es ist gelogen.«

»Sie hat kein Wort gesagt, Harvey. Sie war tot.«

Seine Augen wurden klein und metallisch, wie Nagelköpfe in dem kalkigen Kitt seines Gesichtes. »Tot? Wieso tot? Ist sie verunglückt?«

»Sie wurde mit ihrem eigenen Revolver erschossen. Von jemand, den sie ins Haus gelassen hat, jemand, den sie nicht fürchtete.«

»Warum? Das gibt doch überhaupt keinen Sinn.«

»Sie war Caves Alibi und nahe daran, als Zeugin auszusagen. Sie wissen das, Harvey – Sie waren der einzige, der das gewußt hat, außer Cave und mir.«

»Ich habe sie nicht erschossen. Ich hatte keinen Grund dafür. Was für ein Interesse sollte ich daran haben, daß mein Klient verurteilt wird?«

»Nein, Sie haben sie nicht erschossen. Sie waren im Gericht zu dem Zeitpunkt, als sie erschossen wurde – das ist das beste Alibi der Welt.«

»Warum belästigen Sie mich dann?«

»Ich will die Wahrheit über Sie und Mrs. Cave wissen.«

Harvey sah auf die Papiere in seiner Hand, als ob sie ihm einen Ausweg weisen könnten, eine Ausflucht. Plötzlich preßte er die Hände zusammen, sie zerknitterten das Papier und formten es zu einem mißgestalteten Ball.

»Gut, ich werde es Ihnen erzählen. Ruth war in mich verliebt. Ich war ... ich mochte sie. Beide waren wir nicht glücklich verheiratet. Wir wollten zusammen fortgehen und von neuem beginnen. Nachdem wir beide geschieden waren, selbstverständlich.«

»Hmm-Hmm. Alles sehr legal.«

»Sie brauchen nicht diesen Ton anzuschlagen. Ein Mann hat ein Recht auf sein eigenes Leben.«

»Nicht, wenn er schon gebunden ist.«

»Wir wollen das hier nicht erörtern. Habe ich nicht schon genug gelitten? Was glauben Sie wohl, was ich durchgemacht habe, als Ruth umgebracht wurde.«

»Allerhand, nehme ich an. Bei zwei Millionen Dollar.«

Haßerfüllt sah er mich an, aber seine Entgegnung klang ziemlich lahm. »Auf jeden Fall verstehen Sie jetzt, daß ich sie nicht umgebracht habe. Ich habe keine von beiden getötet.«

»Wer hat es dann getan?«

»Keine Ahnung. Wenn ich es wüßte, wäre Glen längst nicht mehr im Gefängnis.«

»Weiß Glen es denn?«

»Das entzieht sich meiner Kenntnis.«

»Aber er wußte, daß Sie der Mann waren, um dessentwillen ihn seine Frau verlassen wollte?«

»Ich vermute, ja – ich hatte schon länger das Gefühl.«

»Ist es Ihnen nicht seltsam vorgekommen, daß er Sie unter diesen Umständen gebeten hat, ihn zu verteidigen?«

»Doch, ja. Es war schrecklich für mich, die schrecklichste Prüfung.«

Vielleicht war das Caves Absicht, dachte ich, Harvey dafür zu bestrafen, daß er ihm seine Frau gestohlen hatte. Ich sah ihn an: »Wußte außer Ihnen noch jemand, daß Janet Kilpatrick die Frau war? Haben Sie mit irgend jemand darüber gesprochen?«

Er sah auf den dicken, hellen Teppich unter seinen Füßen. Von irgendwo aus den Büros hörte ich eine elektrische Uhr, sie surrte wie die Gedanken in Harveys Kopf. Schließlich sagte er mit einer Stimme, die wie das Krächzen einer Krähe klang: »Selbstverständlich nicht.«

Gebeugt wie ein alter Mann ging er in sein Privatbüro. Ich folgte ihm und sah, wie er eine Schreibtischlade öffnete und eine schwere Automatic herausholte. Aber er richtete sie nicht auf mich. Er steckte sie vorn in den Hosenbund und zog seine Jacke an.

»Geben Sie sie mir, Harvey. Zwei Morde sind genug.«

»Dann wissen Sie also?«

»Sie haben es mir gerade erzählt. Geben Sie mir das Schießeisen.«

Er gab es mir. Sein Gesicht war bemerkenswert glatt und leer. Er wandte es von mir ab und bedeckte es mit den Händen. Sein ganzer Körper zuckte in tränenlosem Kummer. Er war wie ein langer, schlaksiger Junge, den man lange Zeit mit Märchen gefüttert hatte und der jetzt die Wirklichkeit nicht verdauen konnte.

Das Telefon auf dem Tisch klingelte. Harvey nahm sich zusammen und nahm den Hörer ab.

»Tut mir leid, ich hatte zu tun, ich mußte die Vorbereitungen für neue Anordnungen ... Ja, jetzt bin ich damit fertig ... Selbstverständlich geht es mir gut. Ich komme gleich nach Hause.«

Er legte auf. »Das war meine Frau.«

Sie erwartete ihn an der Eingangstür seines Hauses. Die wartende Haltung stand ihrem schmalen, geschlechtslosen Körper gut, und ich fragte mich, wie viele Jahre sie gewartet haben mochte.

»Du bist so gedankenlos, Rod«, schalt sie. »Warum hast du

mir nicht gesagt, daß du zum Abendessen einen Gast mitbringst?« Mit linkischer Grazie wandte sie sich mir zu. »Es ist nicht etwa so, daß Sie unwillkommen wären, Mr. Archer.«

Dann drängte sich ihr unsere Schweigsamkeit auf. Sie wurde davon in die weiße, im Kolonialstil gehaltene Diele zurückgedrängt. Auf einmal änderte sich ihre Haltung. Sie zündete sich eine Zigarette mit einem kleinen goldenen Feuerzeug an, das wie ein Lippenstift geformt war. Ihre Hände waren ruhig, aber der gelassene Gesichtsausdruck konnte nicht über ihre Furcht hinwegtäuschen.

»Ihr seht beide so ernst aus. Ist etwas nicht in Ordnung?«

»Nichts ist in Ordnung, Rhea.«

»Warum? Ist etwas bei dem Prozeß schiefgelaufen?«

»Der Prozeß läuft gut. Morgen werde ich einen direkten Freispruch beantragen. Und noch mehr, ich werde ihn auch bekommen. Ich habe neue Beweise.«

»Ist das nicht großartig?« sagte sie mit heller und interessierter Stimme. »Wo in aller Welt hast du nur neue Beweise ausgegraben?«

»In meinem eigenen Hinterhof. In all diesen Monaten war ich so sehr damit beschäftigt, mein eigenes kleines, schmutziges Geheimnis zu vertuschen, daß mir nie eingefallen ist, auch du könntest Geheimnisse haben.«

»Was meinst du damit?«

»Du bist heute nachmittag nicht bei der Verhandlung gewesen. Wo warst du? Was hast du gemacht?«

»Besorgungen – ich hatte einige Besorgungen zu erledigen. Tut mir leid, aber ich wußte nicht, daß du – mich dabeihaben wolltest.«

Harvey ging auf sie zu, die entschlossene Haltung seiner Schultern wirkte angsteinflößend. Sie wich bis zu einer geschlossenen weißen Tür zurück. Ich stellte mich zwischen die beiden und sagte rauh: »Wir wissen, wo Sie gewesen sind, Mrs. Harvey. Bei Janet Kilpatrick. Sie haben sich irgendwie

Eingang verschafft, von dem Tisch in der Diele den Revolver genommen und sie damit erschossen. Stimmt's?«

Ihr Gesicht war nur noch eine starre Maske.

»Ich schwöre, ich hatte nicht die Absicht ... ich wollte nur mit ihr sprechen. Aber als ich erkannte, daß sie wußte ...«

»Was wußte, Mrs. Harvey?«

»Daß ich Ruth umgebracht habe. Ich muß mich durch meine Worte verraten haben. Sie hat mich angesehen, da war mir klar, daß sie es wußte. Ich sah es in ihren Augen.«

»Und dann haben Sie sie erschossen.«

»Ja. Es tut mir leid.« Sie schien sich weder zu fürchten noch zu schämen. Das Gesicht, das sie ihrem Mann zuwandte, sah verhungert aus, und ihr Mund kaute auf den Worten herum, als ob sie eine bittere Nahrung seien. »Aber um die andere, um Ruth, tut es mir nicht leid. Du hättest mir das nicht antun dürfen, Rod. Ich habe dich gewarnt, erinnerst du dich? Als ich dich mit Anne erwischte, habe ich dich gewarnt, wenn du mir das noch einmal antätest – würde ich diese Frau umbringen. Du hättest mich ernst nehmen sollen.«

»Ja«, sagte er traurig. »Das hätte ich.«

»Ich habe auch Ruth gewarnt, als ich erfuhr, was mit euch beiden ist.«

»Wie haben Sie es erfahren, Mrs. Harvey?«

»Auf die übliche Art – durch einen anonymen Telefonanruf. Irgendeiner meiner Freunde, vermute ich.«

»Oder Ihr schlimmster Feind. Wissen Sie, wer es war?«

»Nein. Ich habe die Stimme nicht erkannt. Ich war noch im Bett, und der Anruf hat mich geweckt. Er sagte – es war ein Mann –, daß Rod sich von mir scheiden lassen wolle, und er erzählte mir auch, warum. Ich bin am gleichen Morgen zu Ruth gegangen – Rod war nicht in der Stadt – und habe sie gefragt, ob es stimmt. Sie gab es zu. Ich habe ihr ins Gesicht gesagt, ich würde sie umbringen, wenn sie dich nicht aufgibt, Rod. Sie hat mich ausgelacht. Sie hat mich für verrückt erklärt.«

»Sie hatte recht.«

»Hatte sie das? Wenn ich wahnsinnig bin, dann weiß ich auch, was mich dazu getrieben hat. Die anderen habe ich hingenommen. Aber sie nicht! Warum hast du dich mit ihr eingelassen, Rod – warum wolltest du sie heiraten? Eine Frau mit grauen Haaren, so viel älter als du? Wo ich viel schöner bin als sie?«

»Aber sie hatte Geld«, sagte ich.

Harvey blieb stumm.

An diesem Abend diktierte und unterschrieb Rhea Harvey ein volles Geständnis. Ihr Mann war am anderen Morgen nicht im Gericht. Der District Attorney selbst beantragte den direkten Freispruch, und am Mittag war Cave frei. Mit einem Taxi fuhr er vom Gerichtsgebäude direkt zum Haus seiner toten Frau. Ich folgte ihm. Ich wollte alles wissen.

Der Rasen um das große Landhaus war kniehoch gewachsen und vertrocknet. Die Beete waren üppig mit Blumen und noch üppiger mit Unkraut überwuchert. Nachdem Cave das Taxi weggeschickt hatte, stand er noch eine Weile auf der Zufahrt und überblickte den Besitz, den er geerbt hatte. Schließlich ging er die Stufen zum Hauseingang hinauf.

Ich rief ihm vom Tor aus zu: »Warten Sie einen Augenblick, Cave.«

Widerstrebend kam er die Stufen wieder herunter und wartete, bis ich herankam. Finster, mit zusammengezogenen Augenbrauen und verzerrtem Mund, blickte er mich an. Aber sein Gesicht war wieder glatt und ebenmäßig, noch ehe ich ihn erreicht hatte.

»Was wünschen Sie?«

»Ich frage mich gerade, wie man sich so fühlt?«

Er lächelte mit jungenhaftem Charme. »Als freier Mann? Man fühlt sich wunderbar. Ich nehme an, ich schulde Ihnen meinen Dank dafür. Tatsächlich wollte ich Ihnen auch einen Scheck übersenden.«

»Bemühen Sie sich nicht. Ich würde ihn zurückschicken.«

»Wie Sie wollen.« Er breitete seine Hände mit einer entwaffnenden Geste aus. »Kann ich sonst noch etwas für Sie tun?«

»Ja. Sie können meine Neugier befriedigen. Ich möchte von Ihnen nur ein klares Ja oder Nein.« Die Worte riefen in meinem Kopf ein Echo wach, das Echo von Janet Kilpatricks Stimme. »Zwei Frauen sind umgekommen, eine dritte ist auf dem Weg ins Zuchthaus oder in eine Anstalt. Ich möchte wissen, ob Sie die Verantwortung dafür auf sich nehmen?«

»Verantwortung? Ich verstehe nicht.«

»Ich werde das Wort für Sie buchstabieren. Der Streit, den Sie mit Ihrer Frau hatten, hatte nicht am Abend, an dem sie ermordet wurde, stattgefunden, sondern früher, vielleicht an dem Abend vorher. Und sie hat Ihnen erzählt, wer der Mann war.«

»Das brauchte sie mir nicht zu erzählen. Ich kannte Rod Harvey seit Jahren und wußte alles über ihn.«

»Dann müssen Sie auch gewußt haben, daß Rhea Harvey wahnsinnig eifersüchtig auf ihren Mann war. Sie haben sich überlegt, wie Sie ihre Eifersucht für Ihre Zwecke ausnutzen könnten. Sie haben sie an jenem Morgen mit verstellter Stimme angerufen und ihr gesagt, was ihr Mann und Ihre Frau vorhatten. Darauf kam sie hierher und hat Ihre Frau bedroht. Ohne Zweifel haben Sie diese Unterhaltung belauscht. Als Sie erkannten, daß Ihr Plan aufging, haben Sie Ihre geladene Schrotflinte so hingestellt, daß Rhea Harvey sie leicht finden konnte. Dann sind Sie zum Strandclub gefahren, um sich ein Alibi zu besorgen. Sie mußten lange warten im Club und später in Janet Kilpatricks Haus, aber Sie haben schließlich Ihr Ziel erreicht.«

»Was lange währt, wird endlich gut.«

»Daß Sie die Unverfrorenheit haben, noch Witze zu machen ... Sie sind schuldig, einen Menschen zum Mord getrieben zu haben.«

»Ich bin in keiner Weise schuldig, mein Bester. Und selbst wenn ich es wäre, könnten Sie nichts tun. Sie haben gehört, wie mich das Gericht heute vormittag freigesprochen hat, und da gibt es so ein kleines Gesetz, das besagt, daß man wegen des gleichen Deliktes nicht zweimal angeklagt werden kann.«

»Sie haben ein ganz schönes Risiko auf sich genommen, nicht wahr?«

»So groß auch wieder nicht. Rhea ist eine sehr labile Frau, und irgendwann mußte sie ja mal zusammenbrechen, so oder so.«

»Haben Sie deshalb Harvey gebeten, Sie zu verteidigen, um Rhea unter Druck zu halten?«

»Zum Teil.« Rasender Haß durchfuhr ihn plötzlich und verwandelte sein Gesicht. »Am meisten wollte ich ihn leiden sehen.«

»Was werden Sie jetzt tun, Cave?«

»Nichts. Ich trete erst mal ein bißchen kurz. Ich habe Ruhe verdient. Warum?«

»Eine sehr gute Frau ist gestern Ihretwegen umgebracht worden. Soviel ich weiß, haben Sie diesen Mord in der gleichen Weise geplant wie den anderen. Auf jeden Fall hätten Sie ihn verhindern können.«

Er sah die Empörung in meinen Augen und wich zurück.

»Nur nicht so tragisch, Archer. Schließlich war Janet kein großer Verlust für die Menschheit.«

Meine Faust zerschmetterte sein nervöses Lächeln und ließ ihn an seinen Worten schlucken. Er kroch von mir fort, kam mühsam auf die Beine und rannte davon. Er sprang über Blumenbeete und verschwand um eine Hausecke. Ich ließ ihn laufen.

Wenig später hörte ich, daß Cave bei einem Unfall auf der Landstraße in der Nähe von Palm Springs ums Leben gekommen sei. Er fuhr einen neuen Ferrari.

Ross Macdonald im Diogenes Verlag

Dornröschen war ein schönes Kind
Roman. Aus dem Amerikanischen von Wulf Teichmann. detebe 20227

Unter Wasser stirbt man nicht
Roman. Deutsch von Hubert Deymann
detebe 20322

Ein Grinsen aus Elfenbein
Roman. Deutsch von Charlotte Hamberger
detebe 20323

Die Küste der Barbaren
Roman. Deutsch von Marianne Lipcowitz
detebe 20324

Der Fall Galton
Roman. Deutsch von Egon Lothar Wensk
detebe 20325

Gänsehaut
Roman. Deutsch von Gretel Friedmann
detebe 20326

Der blaue Hammer
Roman. Deutsch von Peter Naujack
detebe 20541

Durchgebrannt
Roman. Deutsch von Helmut Degner
detebe 20868

Geld kostet zuviel
Roman. Deutsch von Günter Eichel
detebe 20869

Die Kehrseite des Dollars
Roman. Deutsch von Günter Eichel
detebe 20877

Der Untergrundmann
Roman. Deutsch von Hubert Deymann
detebe 20878

Der Drahtzieher
Sämtliche Detektivstories um Lew Archer I. Mit einem Vorwort des Autors. Deutsch von Hubert Deymann und Peter Naujack
detebe 21018

Einer lügt immer
Sämtliche Detektivstories um Lew Archer II. Deutsch von Hubert Deymann und Peter Naujack. detebe 21019

Sanftes Unheil
Roman. detebe 21178

Literarische Thriller im Diogenes Verlag

● Margery Allingham

Die Handschuhe des Franzosen. Kriminalgeschichten. Deutsch von Peter- Naujack. Zeichnungen von Georges Eckert
detebe 20929

● Eric Ambler

Die Maske des Dimitrios. Roman. Aus dem Englischen von Mary Brand und Walter Hertenstein. detebe 20137
Der Fall Deltschev. Roman. Deutsch von Mary Brand und Walter Hertenstein
detebe 20178
Eine Art von Zorn. Roman. Deutsch von Susanne Feigl und Walter Hertenstein
detebe 20179
Schirmers Erbschaft. Roman. Deutsch von Harry Reuß-Löwenstein, Th. A. Knust und Rudolf Barmettler. detebe 20180
Die Angst reist mit. Roman. Deutsch von Walter Hertenstein. detebe 20181
Der Levantiner. Roman. Deutsch von Tom Knoth. detebe 20223
Waffenschmuggel. Roman. Deutsch von Tom Knoth. detebe 20364
Topkapi. Roman. Deutsch von Elsbeth Herlin. detebe 20536
Schmutzige Geschichte. Roman. Deutsch von Günter Eichel. detebe 20537
Das Intercom-Komplott. Roman. Deutsch von Dietrich Stössel. detebe 20538
Besuch bei Nacht. Roman. Deutsch von Wulf Teichmann. detebe 20539
Der dunkle Grenzbezirk. Roman. Deutsch von Walter Hertenstein und Ute Haffmans. detebe 20602
Ungewöhnliche Gefahr. Roman. Deutsch von Walter Hertenstein und Werner Morlang detebe 20603
Anlaß zur Unruhe. Roman. Deutsch von Franz Cavigelli. detebe 20604
Nachruf auf einen Spion. Roman. Deutsch von Peter Fischer. detebe 20605
Doktor Frigo. Roman. Deutsch von Tom Knoth. detebe 20606
Bitte keine Rosen mehr. Roman. Deutsch von Tom Knoth. detebe 20887
Mit der Zeit. Roman. Deutsch von Hans Hermann. detebe 21054

● John Buchan

Die neununddreißig Stufen. Roman. Aus dem Englischen von Marta Hackel. Mit Zeichnungen von Edward Gorey
detebe 20210
Grünmantel. Roman. Deutsch von Marta Hackel. Mit Zeichnungen von Topor
detebe 20771
Mr. Standfast oder Im Westen was Neues
Roman. Deutsch von Marta Hackel. Mit Zeichnungen von Topor. detebe 20772
Die drei Geiseln. Roman. Deutsch von Marta Hackel. Mit Zeichnungen von Tatjana Hauptmann. detebe 20773
Basilissa. Roman. Deutsch von Otto Bayer
detebe 21249

● W. R. Burnett

Little Caesar. Roman. Aus dem Amerikanischen von Georg Kahn-Ackermann
detebe 21061
High Sierra. Roman. Deutsch von Armgard Seegers und Hellmuth Karasek. detebe 21208

● Raymond Chandler

Die besten Detektivstories. Neu aus dem Amerikanischen übersetzt von Hans Wollschläger. Diogenes Evergreens
Der große Schlaf. Roman. Neu übersetzt von Gunar Ortlepp. detebe 20132
Die kleine Schwester. Roman. Neu übersetzt von W. E. Richartz. detebe 20206
Das hohe Fenster. Roman. Neu übersetzt von Urs Widmer. detebe 20208
Der lange Abschied. Roman. Neu übersetzt von Hans Wollschläger. detebe 20207
Die simple Kunst des Mordes. Briefe, Essays, Fragmente. Herausgegeben von Dorothy Gardiner und Kathrine Sorley Walker. Neu übersetzt von Hans Wollschläger
detebe 20209
Die Tote im See. Roman. Neu übersetzt von Hellmuth Karasek. detebe 20311
Lebwohl, mein Liebling. Roman. Neu übersetzt von Wulf Teichmann. detebe 20312
Playback. Roman. Neu übersetzt von Wulf Teichmann. detebe 20313
Mord im Regen. Frühe Stories. Vorwort von Prof. Philip Durham. Neu übersetzt von Hans Wollschläger. detebe 20314
Erpresser schießen nicht. Detektivstories I. Neu übersetzt von Hans Wollschläger
detebe 20751

Der König in Gelb. Detektivstories II. Neu übersetzt von Hans Wollschläger
detebe 20752
Gefahr ist mein Geschäft. Detektivstories III. Neu übersetzt von Hans Wollschläger
detebe 20753
Englischer Sommer. Geschichten, Parodien, Aufsätze. Mit einer Erinnerung von John Houseman, einem Vorwort von Patricia Highsmith und Zeichnungen von Edward Gorey. Diverse Übersetzer. detebe 20754

● Agatha Christie

Die besten Geschichten von Agatha Christie
Aus dem Englischen von Maria Meinert, Marfa Berger und Ingrid Jacob
Diogenes Evergreens
Villa Nachtigall. Geschichten. Deutsch von Peter Naujack und Günter Eichel
detebe 20825
Der Fall der enttäuschten Hausfrau
Geschichten. Deutsch von Günter Eichel
detebe 20826

● Celia Fremlin

Klimax. Roman. Aus dem Englischen von Dietrich Stössel. detebe 20916

● Henry Rider Haggard

Sie. Roman. Aus dem Englischen von Helmut Degner. detebe 20236
König Salomons Schatzkammern. Roman. Deutsch von V. H. Schmied. detebe 20920

● Dashiell Hammett

Der Malteser Falke. Roman. Neu aus dem Amerikanischen übersetzt von Peter Naujack
detebe 20131
Rote Ernte. Roman. Neu übersetzt von Gunar Ortlepp. detebe 20292
Der Fluch des Hauses Dain. Roman. Neu übersetzt von Wulf Teichmann
detebe 20293
Der gläserne Schlüssel. Roman. Neu übersetzt von Hans Wollschläger. detebe 20294
Der dünne Mann. Roman. Neu übersetzt von Tom Knoth. detebe 20295
Fliegenpapier. 5 Stories. Deutsch von Harry Rowohlt, Helmut Kossodo, Helmut Degner, Peter Naujack und Elizabeth Gilbert. Vorwort von Lillian Hellman. detebe 20911
Fracht für China. 3 Stories. Deutsch von Elizabeth Gilbert, Antje Friedrichs und Walter E. Richartz. detebe 20912
Das große Umlegen. 3 Stories. Deutsch von Walter E. Richartz, Hellmuth Karasek und Wulf Teichmann. detebe 20913
Das Haus in der Turk Street. 3 Stories. Deutsch von Wulf Teichmann
detebe 20914
Das Dingsbums Küken. 3 Stories. Deutsch von Wulf Teichmann. Nachwort von Steven Marcus. detebe 20915

● E.W. Heine

Wer ermordete Mozart? Wer enthauptete Haydn? Mordgeschichten für Musikfreunde
Leinen
Kille Kille. Makabre Geschichten
detebe 21053
Hackepeter. Neue Kille Kille Geschichten
detebe 21219

● Patricia Highsmith

Leute, die an die Tür klopfen. Roman. Aus dem Amerikanischen von Anne Uhde. Leinen
Der Stümper. Roman. Deutsch von Barbara Bortfeldt. detebe 20136
Zwei Fremde im Zug. Roman. Deutsch von Anne Uhde. detebe 20173
Der Geschichtenerzähler. Roman. Deutsch von Anne Uhde. detebe 20174
Der süße Wahn. Roman. Deutsch von Christian Spiel. detebe 20175
Die zwei Gesichter des Januars. Roman
Deutsch von Anne Uhde. detebe 20176
Der Schrei der Eule. Roman. Deutsch von Gisela Stege. detebe 20341
Tiefe Wasser. Roman. Deutsch von Eva Gärtner und Anne Uhde. detebe 20342
Die gläserne Zelle. Roman. Deutsch von Gisela Stege und Anne Uhde. detebe 20343
Das Zittern des Fälschers. Roman. Deutsch von Anne Uhde. detebe 20344
Lösegeld für einen Hund. Roman. Deutsch von Anne Uhde. detebe 20345
Der talentierte Mr. Ripley. Roman. Deutsch von Barbara Bortfeldt. detebe 20481
Ripley Under Ground. Roman. Deutsch von Anne Uhde. detebe 20482
Ripley's Game. Roman. Deutsch von Anne Uhde. detebe 20346
Der Schneckenforscher. Vorwort von Graham Greene. Deutsch von Anne Uhde
detebe 20347
Ein Spiel für die Lebenden. Roman. Deutsch von Anne Uhde. detebe 20348
Kleine Geschichten für Weiberfeinde
Deutsch von W. E. Richartz. Mit Zeichnungen von Roland Topor. detebe 20349
Kleine Mordgeschichten für Tierfreunde.
Deutsch von Anne Uhde. detebe 20483
Venedig kann sehr kalt sein. Roman
Deutsch von Anne Uhde. detebe 20484
Ediths Tagebuch. Roman. Deutsch von Anne Uhde. detebe 20485
Der Junge, der Ripley folgte. Roman
Deutsch von Anne Uhde. detebe 20649
Leise, leise im Wind. Erzählungen. Deutsch von Anne Uhde. detebe 21012
Keiner von uns. Erzählungen. Deutsch von Anne Uhde. detebe 21179

Hans Werner Kettenbach

Minnie oder Ein Fall von Geringfügigkeit Roman. detebe 21218

Maurice Leblanc

Arsène Lupin – Der Gentleman-Gauner Roman. Deutsch von Erika Gebühr detebe 20127

Die hohle Nadel oder Die Konkurrenten des Arsène Lupin. Deutsch von Erika Gebühr detebe 20239

813 – Das Doppelleben des Arsène Lupin Roman. Deutsch von Erika Gebühr detebe 20931

Der Kristallstöpsel oder Die Mißgeschicke des Arsène Lupin. Roman. Deutsch von Erika Gebühr. detebe 20932

Die Gräfin von Cagliostro oder Die Jugend des Arsène Lupin. Roman. Deutsch von Erika Gebühr. detebe 20933

Arsène Lupin kontra Herlock Sholmes Roman. Deutsch von Erika Gebühr detebe 21026

Die Insel der 30 Särge. Roman. Deutsch von Lothar Schmidt und Ulrike Simon detebe 21198

Die Uhr schlägt achtmal. Roman. Deutsch von Erika Gebühr. detebe 21254

Gaston Leroux

Das Geheimnis des gelben Zimmers. Roman. Aus dem Französischen von Klaus Walther detebe 20924

Marie Belloc Lowndes

Jack the Ripper oder der Untermieter Roman. Aus dem Englischen von Wulf Teichmann. detebe 20130

Ross Macdonald

Dornröschen war ein schönes Kind. Roman. Aus dem Amerikanischen von Wulf Teichmann. detebe 20227

Unter Wasser stirbt man nicht. Roman Deutsch von Hubert Deymann. detebe 20322

Ein Grinsen aus Elfenbein. Roman. Deutsch von Charlotte Hamberger. detebe 20323

Die Küste der Barbaren. Roman. Deutsch von Marianne Lipcowitz. detebe 20324

Der Fall Galton. Roman. Deutsch von Egon Lothar Wensk. detebe 20325

Gänsehaut. Roman. Deutsch von Gretel Friedmann. detebe 20326

Der blaue Hammer. Roman. Deutsch von Peter Naujack. detebe 20541

Durchgebrannt. Roman. Deutsch von Helmut Degner. detebe 20868

Geld kostet zuviel. Roman. Deutsch von Günter Eichel. detebe 20869

Die Kehrseite des Dollars. Roman. Deutsch von Günter Eichel. detebe 20877

Der Untergrundmann. Roman. Deutsch von Hubert Deymann. detebe 20878

Der Drahtzieher. Sämtliche Detektivstories um Lew Archer I. Mit einem Vorwort des Autors. Deutsch von Hubert Deymann und Peter Naujack. detebe 21018

Einer lügt immer. Sämtliche Detektivstories um Lew Archer II. Deutsch von Hubert Deymann und Peter Naujack. detebe 21019

Sanftes Unheil. Roman. Deutsch von Monika Schoenenberger. detebe 21178

Margaret Millar

Nymphen gehören ins Meer. Roman. Aus dem Amerikanischen von Otto Bayer Leinen

Liebe Mutter, es geht mir gut . . . Roman. Deutsch von Elizabeth Gilbert. detebe 20226

Die Feindin. Roman. Deutsch von Elizabeth Gilbert. detebe 20276

Fragt morgen nach mir. Roman. Deutsch von Anne Uhde. detebe 20542

Ein Fremder liegt in meinem Grab. Roman. Deutsch von Elizabeth Gilbert. detebe 20646

Die Süßholzraspler. Roman. Deutsch von Georg Kahn-Ackermann und Susanne Feigl detebe 20926

Von hier an wird's gefährlich. Roman Deutsch von Fritz Güttinger. detebe 20927

Der Mord von Miranda. Roman. Deutsch von Hans Hermann. detebe 21028

Das eiserne Tor. Roman. Deutsch von Karin Reese und Michel Bodmer. detebe 21063

Fast wie ein Engel. Roman. Deutsch von Luise Däbritz. detebe 21190

Patrick Quentin

Bächleins Rauschen tönt so bang. Kriminalgeschichten. Deutsch von Günter Eichel detebe 20195

Familienschande. Roman. Deutsch von Helmut Degner. detebe 20917

Georges Simenon

Brief an meinen Richter. Roman. Aus dem Französischen von Hansjürgen Wille und Barbara Klau. detebe 20371

Der Schnee war schmutzig. Roman. Deutsch von Willi A. Koch. detebe 20372

Die grünen Fensterläden. Roman. Deutsch von Alfred Günther. detebe 20373

Im Falle eines Unfalls. Roman. Deutsch von Hansjürgen Wille und Barbara Klau detebe 20374

Sonntag. Roman. Deutsch von Hansjürgen Wille und Barbara Klau. detebe 20375

Bellas Tod. Roman. Deutsch von Elisabeth Serelmann-Küchler. detebe 20376
Der Mann mit dem kleinen Hund. Roman. Deutsch von Stefanie Weiss. detebe 20377
Drei Zimmer in Manhattan. Roman. Deutsch von Linde Birk. detebe 20378
Die Großmutter. Roman. Deutsch von Linde Birk. detebe 20379
Der kleine Mann von Archangelsk. Roman. Deutsch von Alfred Kuoni. detebe 20584
Der große Bob. Roman. Deutsch von Linde Birk. detebe 20585
Die Wahrheit über Bébé Donge. Roman Deutsch von Renate Nickel. detebe 20586
Tropenkoller. Roman. Deutsch von Annerose Melter. detebe 20673
Ankunft Allerheiligen. Roman. Deutsch von Eugen Helmlé. detebe 20674
Der Präsident. Roman. Deutsch von Renate Nickel. detebe 20675
Der kleine Heilige. Roman. Deutsch von Trude Fein. detebe 20676
Der Outlaw. Roman. Deutsch von Liselotte Julius. detebe 20677
Der Verdächtige. Roman. Deutsch von Eugen Helmlé. detebe 20679
Die Verlobung des Monsieur Hire. Roman Deutsch von Linde Birk. detebe 20681
Der Mörder. Roman. Deutsch von Lothar Baier. detebe 20682
Die Zeugen. Roman. Deutsch von Anneliese Botond. detebe 20683
Die Komplizen. Roman. Deutsch von Stefanie Weiss. detebe 20684
Die Unbekannten im eigenen Haus. Roman. Deutsch von Gerda Scheffel. detebe 20685
Der Ausbrecher. Roman. Deutsch von Erika Tophoven. detebe 20686
Wellenschlag. Roman. Deutsch von Eugen Helmlé. detebe 20687
Der Mann aus London. Roman. Deutsch von Stefanie Weiss. detebe 20813
Die Überlebenden der Télémaque. Roman. Deutsch von Hainer Kober. detebe 20814
Der Mann, der den Zügen nachsah. Roman. Deutsch von Walter Schürenberg detebe 20815
Zum Weißen Roß. Roman. Deutsch von Trude Fein. detebe 20986
Der Tod des Auguste Mature. Roman Deutsch von Anneliese Boton. detebe 20987
Die Fantome des Hutmachers. Roman Deutsch von Eugen Helmlé. detebe 21001
Die Witwe Couderc. Roman. Deutsch von Hanns Grössel. detebe 21002
Schlußlichter. Roman. Deutsch von Stefanie Weiss. detebe 21010
Die schwarze Kugel. Roman. Deutsch von Renate Nickel. detebe 21011
Die Brüder Rico. Roman. Deutsch von Angela von Hagen. detebe 21020
Antoine und Julie. Roman. Deutsch von Eugen Helmlé. detebe 21047
Betty. Roman. Deutsch von Raymond Regh detebe 21057
Der Neger. Roman. Deutsch von Linde Birk detebe 21118
Die Tür. Roman. Deutsch von Linde Birk detebe 21114
Das blaue Zimmer. Roman. Deutsch von Angela von Hagen. detebe 21121
Der Bürgermeister von Furnes. Roman Deutsch von Hans Grössel. detebe 21209
Es gibt noch Haselnußsträucher. Roman Deutsch von Angela von Hagen detebe 21192
Die Glocken von Bicêtre. Roman. Neu übersetzt von Angela von Hagen. detebe 20678
Das Testament Donadieu. Roman. Deutsch von Eugen Helmlé. detebe 21256
Der Untermieter. Roman. Deutsch von Ralph Eue. detebe 21255
Maigrets erste Untersuchung. Roman Deutsch von Roswitha Plancherel detebe 20501
Maigret und Pietr der Lette. Roman. Deutsch von Wolfram Schäfer. detebe 20502
Maigret und die alte Dame. Roman. Deutsch von Renate Nickel. detebe 20503
Maigret und der Mann auf der Bank Roman. Deutsch von Annerose Melter detebe 20504
Maigret und der Minister. Roman. Deutsch von Annerose Melter. detebe 20505
Mein Freund Maigret. Roman. Deutsch von Annerose Melter. detebe 20506
Maigrets Memoiren. Roman. Deutsch von Roswitha Plancherel. detebe 20507
Maigret und die junge Tote. Roman. Deutsch von Raymond Regh. detebe 20508
Maigret amüsiert sich. Roman. Deutsch von Renate Nickel. detebe 20509
Hier irrt Maigret. Roman. Deutsch von Renate Nickel. detebe 20690
Maigret und der gelbe Hund. Roman Deutsch von Raymond Regh. detebe 20691
Maigret vor dem Schwurgericht. Roman Deutsch von Wolfram Schäfer. detebe 20692
Maigret als möblierter Herr. Roman Deutsch von Wolfram Schäfer. detebe 20693
Madame Maigrets Freundin. Roman Deutsch von Roswitha Plancherel detebe 20713
Maigret kämpft um den Kopf eines Mannes Roman. Deutsch von Roswitha Plancherel detebe 20714
Maigret und die kopflose Leiche. Roman Deutsch von Wolfram Schäfer. detebe 20715

Maigret und die widerspenstigen Zeugen Roman. Deutsch von Wolfram Schäfer detebe 20716
Maigret am Treffen der Neufundlandfahrer Roman. Deutsch von Annerose Melter detebe 20717
Maigret bei den Flamen. Roman. Deutsch von Claus Sprick. detebe 20718
Maigret und die Bohnenstange. Roman Deutsch von Guy Montag. detebe 20808
Maigret und das Verbrechen in Holland Roman. Deutsch von Renate Nickel detebe 20809
Maigret und sein Toter. Roman. Deutsch von Elfriede Riegler. detebe 20810
Maigret beim Coroner. Roman. Deutsch von Wolfram Schäfer. detebe 20811
Maigret, Lognon und die Gangster. Roman Deutsch von Wolfram Schäfer. detebe 20812
Maigret und der Gehängte von Saint-Pholien Roman. Deutsch von Sibylle Powell detebe 20816
Maigret und der verstorbene Monsieur Gallet Roman. Deutsch von Roswitha Plancherel detebe 20817
Maigret regt sich auf. Roman. Deutsch von Wolfram Schäfer. detebe 20820
Maigret und das Schattenspiel. Roman Deutsch von Claus Sprick. detebe 20734
Maigret und die Keller des Majestic. Roman. Deutsch von Linde Birk. detebe 20735
Maigret contra Picpus. Roman. Deutsch von Hainer Kober. detebe 20736
Maigret läßt sich Zeit. Roman. Deutsch von Sibylle Powell. detebe 20755
Maigrets Geständnis. Roman. Deutsch von Roswitha Plancherel. detebe 20756
Maigret zögert. Roman. Deutsch von Annerose Melter. detebe 20757
Maigret und der Treidler der »Providence« Roman. Deutsch von Claus Sprick detebe 21029
Maigrets Nacht an der Kreuzung. Roman. Deutsch von Annerose Melter. detebe 21050
Maigret hat Angst. Roman. Deutsch von Elfriede Riegler. detebe 21062
Maigret erlebt eine Niederlage. Roman Deutsch von Elfriede Riegler. detebe 21120
Maigret gerät in Wut. Roman. Deutsch von Wolfram Schäfer. detebe 21113
Maigret verteidigt sich. Roman. Deutsch von Wolfram Schäfer. detebe 21117
Maigret und der geheimnisvolle Kapitän Roman. Deutsch von Annerose Melter detebe 21180
Maigret und die alten Leute. Roman Deutsch von Annerose Melter. detebe 21200
Maigret und das Dienstmädchen. Roman Deutsch von Hainer Kober. detebe 21220
Maigret und der Fall Nahour. Roman Deutsch von Sibylle Powell. detebe 21250
Maigret im Haus des Richters. Roman Deutsch von Liselotte Julius. detebe 21238

● Henry Slesar

Die besten Geschichten von Henry Slesar Herausgegeben von Anne Schmucke Diogenes Evergreens
Fiese Geschichten für fixe Leser. Aus dem Amerikanischen von Thomas Schlück Diogenes Evergreens. Auch als detebe 21125
Das graue distinguierte Leichentuch. Roman. Deutsch von Paul Baudisch und Thomas Bodmer. Ausgezeichnet mit dem Edgar-Allan-Poe-Preis. detebe 20139
Vorhang auf, wir spielen Mord! Roman Deutsch von Thomas Schlück. detebe 20216
Erlesene Verbrechen und makellose Morde Geschichten. Deutsch von Günter Eichel und Peter Naujack. Vorwort von Alfred Hitchcock. Zeichnungen von Tomi Ungerer detebe 20225
Ein Bündel Geschichten für lüsterne Leser Deutsch von Günter Eichel. Einleitung von Alfred Hitchcock. Zeichnungen von Tomi Ungerer. detebe 20275
Hinter der Tür. Roman. Deutsch von Thomas Schlück. detebe 20540
Aktion Löwenbrücke. Roman. Deutsch von Günter Eichel. detebe 20656
Ruby Martinson. Geschichten vom größten erfolglosen Verbrecher der Welt. Deutsch von Helmut Degner. detebe 20657
Schlimme Geschichten für schlaue Leser Deutsch von Thomas Schlück. detebe 21036
Coole Geschichten für clevere Leser. Deutsch von Thomas Schlück. detebe 21046
Böse Geschichten für brave Leser. Deutsch von Christa Hotz und Thomas Schlück detebe 21248

● Julian Symons

Auf den Zahn gefühlt. Detektivgeschichten. Aus dem Englischen von Thomas Schlück detebe 20601
Ein Pekinese aus Gips. Kriminalgeschichten. Deutsch von Günter Eichel. Zeichnungen von Josef Weihard. detebe 20740

Amerikanische Literatur im Diogenes Verlag

● **Joan Aiken**
Die Kristallkrähe. Roman. Deutsch von Helmut Degner. detebe 20138

● **Woody Allen**
Manhattan. Vollständiges Drehbuch mit 20 Szenenfotos. Deutsch von Hellmuth Karasek und Armgard Seegers. detebe 20821
Der Stadtneurotiker. Vollständiges Drehbuch mit 19 Szenenfotos. Deutsch von Eckhard Henscheid und Sieglinde Rahm detebe 20822
Interiors. Vollständiges Drehbuch mit 16 Szenenfotos. Deutsch von Hellmuth Karasek und Armgard Seegers. detebe 20823
Stardust Memories. Vollständiges Drehbuch mit 32 Szenenfotos. Deutsch von Hellmuth Karasek und Armgard Seegers. detebe 20824
Zelig. Vollständiges Drehbuch mit 16 Szenenfotos. Deutsch von Armgard Seegers detebe 21154
Weitere Werke in Vorbereitung

● **Sherwood Anderson**
Ich möchte wissen warum. Ausgewählte Erzählungen. Deutsch von Karl Lerbs und Helene Henze. detebe 20514

● **Louis Armstrong**
Mein Leben in New Orleans. Autobiographie. Deutsch von Hans Georg Brenner detebe 20359

● **John Bellairs**
Das Haus, das tickte. Roman. Deutsch von Alexander Schmitz. Mit Zeichnungen von Edward Gorey. detebe 20368

● **Ambrose Bierce**
Die Spottdrossel. Erzählungen und Fabeln. Auswahl und Vorwort von Mary Hottinger. Deutsch von Joachim Uhlmann, Günter Eichel und Maria von Schweinitz. Zeichnungen von Tomi Ungerer. detebe 20234

● **Ray Bradbury**
Die Mars-Chroniken. Roman in Erzählungen. Deutsch von Thomas Schlück detebe 20863
Der illustrierte Mann. Erzählungen. Deutsch von Peter Naujack. detebe 20365
Fahrenheit 451. Roman. Deutsch von Fritz Güttinger. detebe 20862
Die goldenen Äpfel der Sonne. Erzählungen. Deutsch von Margarete Bormann detebe 20864
Medizin für Melancholie. Erzählungen Deutsch von Margarete Bormann detebe 20865
Das Böse kommt auf leisen Sohlen. Roman. Deutsch von Norbert Wölfl. detebe 20866
Löwenzahnwein. Roman. Deutsch von Alexander Schmitz. detebe 21045
Das Kind von morgen. Erzählungen. Deutsch von Hans-Joachim Hartstein. detebe 21205
Die Mechanismen der Freude. Erzählungen Deutsch von Peter Naujack. detebe 21242

● **Harold Brodkey**
Erste Liebe und andere Sorgen. Erzählungen. Deutsch von Elizabeth Gilbert. detebe 20774

● **Fredric Brown**
Flitterwochen in der Hölle. Science-Fiction-Geschichten. Deutsch von B. A. Egger. Mit Illustrationen von Peter Neugebauer detebe 20600

● **W. R. Burnett**
Little Caesar. Roman. Deutsch von Georg Kahn-Ackermann. detebe 21061
High Sierra. Roman. Deutsch von Armgard Seegers und Hellmuth Karasek. detebe 21208

● **Erskine Caldwell**
Wo die Mädchen anders waren. Ausgewählte Geschichten. Deutsch von Inge M. Artl, Elisabeth Schnack und Joachim Marten detebe 21186

● **Raymond Chandler**
Die besten Detektivstories. Deutsch von Hans Wollschläger. Diogenes Evergreens
Der große Schlaf. Roman. Deutsch von Gunar Ortlepp. detebe 20132
Die kleine Schwester. Roman. Deutsch von Walter E. Richartz. detebe 20206
Das hohe Fenster. Roman. Deutsch von Urs Widmer. detebe 20208
Der lange Abschied. Roman. Deutsch von Hans Wollschläger. detebe 20207
Die simple Kunst des Mordes. Essays, Briefe, eine Geschichte und ein Romanfragment. Herausgegeben von Dorothy Gardiner und Kathrine Sorley Walker. Deutsch von Hans Wollschläger. detebe 20209

Die Tote im See. Roman. Deutsch von Hellmuth Karasek. detebe 20311
Lebwohl, mein Liebling. Roman. Deutsch von Wulf Teichmann. detebe 20312
Playback. Roman. Deutsch von Wulf Teichmann. detebe 20313
Mord im Regen. Frühe Stories. Vorwort von Prof. Philip Durham. Deutsch von Hans Wollschläger. detebe 20314
Erpresser schießen nicht. Gesammelte Detektivstories I. Mit einem Vorwort des Autors. Deutsch von Hans Wollschläger detebe 20751
Der König in Gelb. Gesammelte Detektivstories II. Deutsch von Hans Wollschläger detebe 20752
Gefahr ist mein Geschäft. Gesammelte Detektivstories III. Deutsch von Hans Wollschläger. detebe 20753
Englischer Sommer. Geschichten, Parodien, Essays. Mit einem Vorwort von Patricia Highsmith, Zeichnungen von Edward Gorey und einer Erinnerung an den Drehbuchautor Chandler von John Houseman. Deutsch von Wulf Teichmann, Hans Wollschläger u.a. Mit einer kompletten Chandler-Bibliographie und -Filmographie. detebe 20754

Als Ergänzungsband liegt vor:
Frank MacShane
Raymond Chandler. Eine Biographie Deutsch von Christa Hotz, Alfred Probst und Wulf Teichmann. detebe 20960

● Stephen Crane

Das blaue Hotel. Erzählungen. Herausgegeben, übersetzt und mit einem Nachwort von Walter E. Richartz. detebe 20789

● Ralph Waldo Emerson

Natur. Essay. Deutsch von Harald Kiczka Diogenes Evergreens
Essays. Herausgegeben und übersetzt von Harald Kiczka. Mit zahlreichen Anmerkungen und einem ausführlichen Index detebe 21071

● William Faulkner

Brandstifter. Gesammelte Erzählungen I Deutsch von Elisabeth Schnack detebe 20040
Eine Rose für Emily. Gesammelte Erzählungen II. Deutsch von Elisabeth Schnack detebe 20041
Rotes Laub. Gesammelte Erzählungen III. Deutsch von Elisabeth Schnack detebe 20042
Sieg im Gebirge. Gesammelte Erzählungen IV. Deutsch von Elisabeth Schnack detebe 20043
Schwarze Musik. Gesammelte Erzählungen V. Deutsch von Elisabeth Schnack detebe 20044
Die Unbesiegten. Roman. Deutsch von Erich Franzen. detebe 20075
Sartoris. Roman. Deutsch von Hermann Stresau. detebe 20076
Als ich im Sterben lag. Roman. Deutsch von Albert Hess und Peter Schünemann detebe 20077
Schall und Wahn. Roman. Revidierte Übersetzung von Elisabeth Kaiser und Helmut M. Braem. detebe 20096
Absalom, Absalom! Roman. Deutsch von Hermann Stresau. detebe 20148
Go down, Moses. Chronik einer Familie. Roman. Deutsch von Hermann Stresau und Elisabeth Schnack. detebe 20149
Der große Wald. Vier Jagdgeschichten Deutsch von Elisabeth Schnack detebe 20150
Griff in den Staub. Roman. Deutsch von Harry Kahn. detebe 20151
Der Springer greift an. Kriminalgeschichten. Deutsch von Elisabeth Schnack detebe 20152
Soldatenlohn. Roman. Revidierte Übersetzung von Susanna Rademacher. detebe 20511
Moskitos. Roman. Revidierte Übersetzung von Richard K. Flesch. detebe 20512
Wendemarke. Roman. Revidierte Übersetzung von Georg Goyert. detebe 20513
Die Freistatt. Roman. Deutsch von Hans Wollschläger. Vorwort von André Malraux detebe 20802
Licht im August. Roman. Deutsch von Franz Fein. detebe 20803
Wilde Palmen und Der Strom. Doppelroman. Deutsch von Helmut M. Braem und Elisabeth Kaiser. detebe 20988
Die Spitzbuben. Roman. Deutsch von Elisabeth Schnack. detebe 20989
Eine Legende. Roman. Deutsch von Kurt Heinrich Hansen. detebe 20990
Requiem für eine Nonne. Roman in Szenen. Deutsch von Robert Schnorr. detebe 20991
Das Dorf. Roman. Erster Teil der *Snopes-Trilogie.* Deutsch von Helmut M. Braem und Elisabeth Kaiser. detebe 20992
Die Stadt. Roman. Zweiter Teil der *Snopes-Trilogie.* Deutsch von Elisabeth Schnack detebe 20993
Das Haus. Roman. Dritter Teil der *Snopes-Trilogie.* Deutsch von Elisabeth Schnack detebe 20994
New Orleans. Skizzen und Erzählungen. Deutsch von Arno Schmidt. detebe 20995

Briefe. Nach der von Joseph Blotner edierten amerikanischen Erstausgabe von 1977, herausgegeben und übersetzt von Elisabeth Schnack und Fritz Senn. detebe 20958

Als Ergänzungsband liegt vor:

Über William Faulkner. Essays, Rezensionen, ein Interview, Zeichnungen, Chronik und Bibliographie. Herausgegeben von Gerd Haffmans. detebe 20098

● F. Scott Fitzgerald

Der große Gatsby. Roman. Revidierte Übersetzung von Walter Schürenberg
detebe 20183
Der letzte Taikun. Roman. Deutsch von Walter Schürenberg. detebe 20395
Pat Hobby's Hollywood-Stories. Übersetzt und mit Anmerkungen versehen von Harry Rowohlt. detebe 20510
Der Rest von Glück. Erzählungen 1920
detebe 20744
Ein Diamant – so groß wie das Ritz. Erzählungen 1922 – 1926. detebe 20745
Der gefangene Schatten. Erzählungen 1926 bis 1928. detebe 20746
Die letzte Schöne des Südens. Erzählungen 1928–1930. detebe 20747
Wiedersehen mit Babylon. Erzählungen 1930 bis 1940. detebe 20748
Alle Erzählungen in der Übersetzung von Walter Schürenberg, Walter E. Richartz u.a.
Zärtlich ist die Nacht. Roman. Neu übersetzt von Walter E. Richartz und Hanna Neves. Vorwort von Malcolm Cowley. detebe 21119
Das Liebesschiff. Erzählungen. Deutsch von Alexander Schmitz. detebe 21187

● Dashiell Hammett

Die besten Geschichten von Dashiell Hammett. Ausgewählt von William Matheson
Diogenes Evergreens
Der Malteser Falke. Roman. Deutsch von Peter Naujack. detebe 20131
Rote Ernte. Roman. Deutsch von Gunar Ortlepp. detebe 20292
Der Fluch des Hauses Dain. Roman. Deutsch von Wulf Teichmann. detebe 20293
Der gläserne Schlüssel. Roman. Deutsch von Hans Wollschläger. detebe 20294
Der dünne Mann. Roman. Deutsch von Tom Knoth. detebe 20295
Fliegenpapier. Detektivstories I. Deutsch von Harry Rowohlt, Helmut Kossodo, Helmut Degner, Peter Naujack und Elizabeth Gilbert. Vorwort von Lillian Hellman
detebe 20911
Fracht für China. Detektivstories II. Deutsch von Elizabeth Gilbert, Antje Friedrichs und Walter E. Richartz. detebe 20912
Das große Umlegen. Detektivstories III. Deutsch von Walter E. Richartz, Hellmuth Karasek und Wulf Teichmann. detebe 20913
Das Haus in der Turk Street. Detektivstories IV. Deutsch von Wulf Teichmann
detebe 20914
Das Dingsbums Küken. Detektivstories V. Deutsch von Wulf Teichmann. Nachwort von Steven Marcus. detebe 20915

● O. Henry

Die klügere Jungfrau. Erzählungen. Mit einem Essay von Cesare Pavese. detebe 20871
Das Herz des Westens. Erzählungen
detebe 20872
Der edle Gauner. Erzählungen
detebe 20873
Wege des Schicksals. Erzählungen
detebe 20874
Streng geschäftlich. Erzählungen
detebe 20875
Rollende Steine. Erzählungen. detebe 20876
Alle Erzählungen deutsch von Annemarie und Heinrich Böll, Hans Wollschläger u.a.

● Patricia Highsmith

Leute, die an die Tür klopfen. Roman
Deutsch von Anne Uhde. Leinen
Die besten Geschichten von Patricia Highsmith. Deutsch von Anne Uhde, Walter E. Richartz und Wulf Teichmann
Diogenes Evergreens
Der Stümper. Roman. Deutsch von Barbara Bortfeldt. detebe 20136
Zwei Fremde im Zug. Roman. Deutsch von Anne Uhde. detebe 20173
Der Geschichtenerzähler. Roman. Deutsch von Anne Uhde. detebe 20174
Der süße Wahn. Roman. Deutsch von Christian Spiel. detebe 20175
Die zwei Gesichter des Januars. Roman. Deutsch von Anne Uhde. detebe 20176
Der Schrei der Eule. Roman. Deutsch von Gisela Stege. detebe 20341
Tiefe Wasser. Roman. Deutsch von Eva Gärtner und Anne Uhde. detebe 20342
Die gläserne Zelle. Roman. Deutsch von Gisela Stege und Anne Uhde. detebe 20343
Das Zittern des Fälschers. Roman. Deutsch von Anne Uhde. detebe 20344
Lösegeld für einen Hund. Roman. Deutsch von Anne Uhde. detebe 20345
Der talentierte Mr. Ripley. Deutsch von Barbara Bortfeldt. detebe 20481

Ripley Under Ground. Deutsch von Anne Uhde. detebe 20482
Ripley's Game. Roman. Deutsch von Anne Uhde. detebe 20346
Der Schneckenforscher. Gesammelte Geschichten. Vorwort von Graham Greene. Deutsch von Anne Uhde. detebe 20347
Ein Spiel für die Lebenden. Deutsch von Anne Uhde. detebe 20348
Kleine Geschichten für Weiberfeinde Deutsch von Walter E. Richartz. Zeichnungen von Roland Topor. detebe 20349
Kleine Mordgeschichten für Tierfreunde Deutsch von Anne Uhde. detebe 20483
Venedig kann sehr kalt sein. Roman. Deutsch von Anne Uhde. detebe 20484
Ediths Tagebuch. Roman. Deutsch von Anne Uhde. detebe 20485
Der Junge, der Ripley folgte. Roman Deutsch von Anne Uhde. detebe 20649
Leise, leise im Wind. Zwölf Geschichten. Deutsch von Anne Uhde. detebe 21012
Keiner von uns. Erzählungen. Deutsch von Anne Uhde. detebe 21179

Als Ergänzungsband liegt vor:
Über Patricia Highsmith. Essays und Zeugnisse von Graham Greene bis Peter Handke. Mit Bibliographie, Filmographie und zahlreichen Fotos. Herausgegeben von Fritz Senn und Franz Cavigelli. detebe 20818

● John Irving

Laßt die Bären los! Roman. Deutsch von Michael Walter. Leinen
Das Hotel New Hampshire. Roman. Deutsch von Hans Hermann. detebe 21194

● Ring Lardner

Geschichten aus dem Jazz-Zeitalter. Auswahl, Nachwort und Übersetzung von Fritz Güttinger. detebe 20153

● Carson McCullers

Wunderkind. Erzählungen I. Deutsch von Elisabeth Schnack. detebe 20140
Madame Zilensky und der König von Finnland. Erzählungen II. Deutsch von Elisabeth Schnack. detebe 20141
Die Ballade vom traurigen Café. Novelle. Deutsch von Elisabeth Schnack. Diogenes Evergreens. Auch als detebe 20142
Das Herz ist ein einsamer Jäger. Roman. Deutsch von Susanna Rademacher detebe 20143
Spiegelbild im goldnen Auge. Roman. Deutsch von Richard Moering. detebe 20144
Frankie. Roman. Deutsch von Richard Moering. detebe 20145
Uhr ohne Zeiger. Roman. Deutsch von Elisabeth Schnack. detebe 20146

Als Ergänzungsband liegt vor:
Über Carson McCullers. Essays von und über Carson McCullers; Chronik und Bibliographie. Deutsch von Elisabeth Schnack und Elizabeth Gilbert. Herausgegeben von Gerd Haffmans. detebe 20147

● Ross Macdonald

Dornröschen war ein schönes Kind. Roman. Deutsch von Wulf Teichmann. detebe 20227
Unter Wasser stirbt man nicht. Roman Deutsch von Hubert Deymann detebe 20322
Ein Grinsen aus Elfenbein. Roman. Deutsch von Charlotte Hamberger. detebe 20323
Die Küste der Barbaren. Roman. Deutsch von Marianne Lipcowitz. detebe 20324
Der Fall Galton. Roman. Deutsch von Egon Lothar Wensk. detebe 20325
Gänsehaut. Roman. Deutsch von Gretel Friedmann. detebe 20326
Der blaue Hammer. Roman. Deutsch von Peter Naujack. detebe 20541
Durchgebrannt. Roman. Deutsch von Helmut Degner. detebe 20868
Geld kostet zuviel. Roman. Deutsch von Günter Eichel. detebe 20869
Die Kehrseite des Dollars. Roman. Deutsch von Günter Eichel. detebe 20877
Der Untergrundmann. Roman. Deutsch von Hubert Deymann. detebe 20878
Der Drahtzieher. Sämtliche Detektivstories um Lew Archer I. Mit einem Vorwort des Autors. Deutsch von Hubert Deymann und Peter Naujack. detebe 21018
Einer lügt immer. Sämtliche Detektivstories um Lew Archer II. Deutsch von Hubert Deymann und Peter Naujack. detebe 21019
Sanftes Unheil. Roman. detebe 21178

● A. E. W. Mason

Die vier Federn. Roman. Deutsch von Thomas Schlück. detebe 21176

● Herman Melville

Moby-Dick. Roman. Deutsch von Thesi Mutzenbecher und Ernst Schnabel detebe 20835
Billy Budd. Erzählung. Deutsch von Richard Moering. detebe 20787

● Margaret Millar

Nymphen gehören ins Meer. Roman Deutsch von Otto Bayer. Leinen

Liebe Mutter, es geht mir gut... Roman
Deutsch von Elizabeth Gilbert
detebe 20226
Die Feindin. Roman. Deutsch von Elizabeth Gilbert. detebe 20276
Fragt morgen nach mir. Roman. Deutsch von Anne Uhde. detebe 20542
Ein Fremder liegt in meinem Grab. Roman. Deutsch von Elizabeth Gilbert. detebe 20646
Die Süßholzraspler. Roman. Deutsch von Georg Kahn-Ackermann und Susanne Feigl
detebe 20926
Von hier an wird's gefährlich. Roman
Deutsch von Fritz Güttinger. detebe 20927
Der Mord von Miranda. Roman. Deutsch von Hans Hermann. detebe 21028
Das eiserne Tor. Roman. Deutsch von Karin Reese und Michel Bodmer. detebe 21063
Fast wie ein Engel. Roman. Deutsch von Luise Däbritz. detebe 21190

● Howard Moss & Edward Gorey

Augenblicke aus dem Leben großer Geister. Deutsch von Jörg Drews. detebe 20357

● Edgar Allan Poe

Die besten Geschichten von Edgar Allan Poe. Ausgewählt von Mary Hottinger
Diogenes Evergreens
Die schwarze Katze und andere Verbrechergeschichten. detebe 21183
Die Maske des roten Todes und andere phantastische Fahrten. detebe 21184
Der Teufel im Glockenstuhl und andere Scherz- und Spottgeschichten. detebe 21185
Der Untergang des Hauses Usher und andere Geschichten von Schönheit, Liebe und Wiederkunft. detebe 21184

Alle Bände herausgegeben von Theodor Etzel. Deutsch von Gisela Etzel, Wolf Durian u.a.

● Patrick Quentin

Bächleins Rauschen tönt so bang ... Geschichten. Deutsch von Günter Eichel
detebe 20195
Familienschande. Roman. Deutsch von Helmut Degner. detebe 20917

● Henry Slesar

Die besten Geschichten von Henry Slesar
Herausgegeben von Anne Schmucke
Diogenes Evergreens
Das graue distinguierte Leichentuch. Roman. Deutsch von Paul Baudisch und Thomas Bodmer. detebe 20139
Vorhang auf, wir spielen Mord! Roman. Deutsch von Thomas Schlück
detebe 20216
Erlesene Verbrechen und makellose Morde. Geschichten. Deutsch von Günter Eichel und Peter Naujack. Vorwort von Alfred Hitchcock. Zeichnungen von Tomi Ungerer
detebe 20225
Ein Bündel Geschichten für lüsterne Leser. Deutsch von Günter Eichel. Einleitung von Alfred Hitchcock. Zeichnungen von Tomi Ungerer. detebe 20275
Hinter der Tür. Roman. Deutsch von Thomas Schlück. detebe 20540
Aktion Löwenbrücke. Roman. Deutsch von Günter Eichel. detebe 20656
Ruby Martinson. Geschichten vom größten erfolglosen Verbrecher der Welt. Deutsch von Helmut Degner. detebe 20657
Schlimme Geschichten für schlaue Leser
Deutsch von Thomas Schlück. detebe 21036
Coole Geschichten für clevere Leser. Deutsch von Thomas Schlück. detebe 21046
Fiese Geschichten für fixe Leser. Deutsch von Thomas Schlück. detebe 21125
Böse Geschichten für brave Leser. Deutsch von Christa Hotz und Thomas Schlück
detebe 21248

● Elinor Goulding Smith

Die perfekte Hausfrau. Deutsch von Elisabeth Schnack. Mit Zeichnungen von Loriot. detebe 21082

● Henry David Thoreau

Walden oder Leben in den Wäldern. Deutsch von Emma Emmerich und Tatjana Fischer. Mit Anmerkungen, Chronik und Register und mit einem Vorwort von W. E. Richartz
detebe 20019
Über die Pflicht zum Ungehorsam gegen den Staat und andere Essays. Auswahl, Übersetzung und Nachwort von W. E. Richartz
detebe 20063

● Mark Twain

Die besten Geschichten von Mark Twain
Herausgegeben von Christian Strich
Diogenes Evergreens
Die Million-Pfund-Note. Skizzen und Erzählungen I. Deutsch von N. O. Scarpi, Marie-Louise Bischof und Ruth Binde. Mit Zeichnungen von Bob van den Born
detebe 20918
Menschenfresserei in der Eisenbahn. Skizzen und Erzählungen II. Deutsch von Marie-Louise Bischof und Ruth Binde. Mit Zeichnungen von Bob van den Born
detebe 20919

● Nathanael West

Schreiben Sie Miss Lonelyhearts. Roman. Mit einer Einführung von Alan Ross. Deutsch von Fritz Güttinger. detebe 20058
Tag der Heuschrecke. Roman. Deutsch von Fritz Güttinger. detebe 20059
Eine glatte Million oder Die Demontage des Mister Lemuel Pitkin. Roman. Übersetzung, Anmerkungen und Nachwort von Dieter E. Zimmer. detebe 20249

● Das Diogenes Lesebuch amerikanischer Erzähler

Geschichten von Washington Irving bis Harold Brodkey. Mit einleitenden Essays von Edgar A. Poe und Ring Lardner, Zeittafel, bio-bibliographischen Notizen und Literaturhinweisen. Herausgegeben von Gerd Haffmans. detebe 20271